SOUVIENS-TOI
DE **TITUS**

SOUVIENS-TOI DE TITUS

JEAN-PAUL NOZIÈRE

RAGEOT • ÉDITEUR

Pour Lulu

ISBN 2-7002-2919-3
ISSN 1766-3016

Quelque temps avant...

La petite ville de C… était sans intérêt. On l'apercevait à peine, depuis la route, au fond de sa vallée. En automne et en hiver, un brouillard insistant, né de deux rivières, recouvrait tout. Le seul titre de gloire de C… était une usine d'appareils ménagers. Un journaliste n'aurait pas trouvé dix lignes à écrire sur la ville. Du moins, jusqu'à ce mois de décembre au cours duquel…

Le brouillard était là, comme d'habitude. Il faisait froid. L'humidité imprégnait les vêtements. La plupart des maisons avaient déjà clos leurs volets. Les rues étaient presque désertes. D'ailleurs, les magasins allaient fermer et les derniers passants se dépêchaient de rentrer. La ville de C… sombrerait peu à peu dans le morne sommeil des cités sans histoire. Elle se réveillerait tranquillement le lendemain et recommencerait une nouvelle journée aussi identique et ordinaire que la précédente.

Au fond, C… s'ennuyait. La vie de chaque habitant n'était que routine et lenteur. Le fils du notaire reprenait l'étude du père. La fille du charcutier vendait la cochonnaille dans le magasin familial. On en rénovait la façade tous les dix ans. La société A.M.A. embauchait les enfants de ses ouvriers. Ils fabriquaient à leur tour des cafetières électriques ou des mouli-persil. Chacun figurait dignement à sa place. Cette inexistence créait une sorte de bonheur tranquille que rien ne troublait. Le dernier événement dont on se souvenait datait de trois ans. Un mois de décembre, déjà. À la sortie d'un bal, des voyous ivres, étrangers à C... il est vrai, avaient mis le feu à une dizaine de véhicules. Sans raison. Dans la mémoire collective, les flammes infernales éclairaient encore cette nuit de décembre. Elles annonçaient un monde qui sombrait dans la folie mais, Dieu merci, la violence qui embrasait la planète épargnait C...

C'était à nouveau le mois de décembre. Alors que la nuit s'installait, que les derniers volets claquaient, que le brouillard gluant rampait sur la ville, le drame se préparait. C... ne connaîtrait plus la paix avant longtemps. Le 12 décembre deviendrait un anniversaire sinistre.

Hé bien, Titus,
que viens-tu faire ?...

Selon les critères des habitants de C..., le 12 décembre était en soi un jour exceptionnel. En effet, chaque année, à la même date, se tenait le bal du lycée. L'événement rompait la tristesse hivernale. Laurent Talard, maire de la ville, se préparait à affronter ses concitoyens. Affronter était le mot. Dans la salle des fêtes exiguë, il y aurait un monde fou. On pèserait le moindre mot de son discours. Ensuite, il sacrifierait à la corvée des multiples toasts de ses administrés, fiers de leurs largesses. Le champagne tiède l'écœurait.

– Miss Barlin, vous moquez-vous de moi ? Il s'agit du cinquantième anniversaire du lycée, en présence du préfet, du député, qui sais-je encore ? Pas du carnaval.

Laurent Talard désignait le complet bleu et la cravate d'un orange criard, déposés sur le couvre-lit.

– Ben quoi ? riposta ingénument miss Barlin.

– Du bleu et de l'orange… ! Il est vrai que vous, les Anglais…

Talard haussa les épaules. Il faisait preuve d'une grande indulgence pour miss Barlin, Anglaise débarquée vingt ans auparavant dans la maison, et qui n'avait jamais regagné son île natale. Elle accomplissait anarchiquement les tâches ménagères, mais se montrait de bon conseil. La fonction de maire y trouvait son compte. Miss Barlin transportait son visage anguleux d'Anglaise naïve aux quatre coins de la ville et comme elle s'étonnait des pratiques des continentaux, elle récoltait une effarante moisson de cancans.

– Assister à ce bal m'ennuie, poursuivit Laurent Talard d'une voix lasse. J'y côtoie les mêmes personnalités depuis dix ans…

– Taratata ! coupa miss Barlin. J'entends le couplet chaque fois que vous participez à une manifestation publique. Dépêchez-vous plutôt, sinon vous arriverez après M. le préfet.

Miss Barlin avait tort de douter du manque d'enthousiasme de Laurent Talard. Sans raison réelle, victime d'une atonie qu'il attribuait au franchissement de la quarantaine, il se désintéressait peu à peu de tout ce qui avait constitué sa vie jusqu'alors. Même sa fonction de maire ne provoquait plus ce pincement d'excitation ressenti dans le passé quand il pénétrait dans le bureau de l'hôtel de ville.

En pan de chemise, face à la haute glace à moulures dorées, il n'accomplissait que des gestes lents, reculant ainsi l'instant où il devrait s'habiller. Il était de taille moyenne, plutôt bel homme malgré les cernes sous les paupières. Ses cheveux argentés, coupés court, lui donnaient un air aristocratique qui plaisait aux femmes. Il n'abusait pas de son physique. Il préférait le travail aux intrigues amoureuses.

Miss Barlin rangeait les nombreux vêtements qu'un homme seul éparpille dans une maison. Elle y mettait un temps fou. Elle adorait les préparatifs de ces soirées de gala, certaine d'y glaner des confidences rares. La présence de Laurent Talard en slip ne l'offusquait pas.

« Pour moi, vous êtes moins qu'un meuble ! » avait-elle riposté benoîtement, un jour que Talard notait l'incongru de la situation.

– Le député sera présent ? s'informa-t-elle d'un ton innocent.

– Oui, oui, oui, cent fois oui ! et inutile de demeurer éveillée jusqu'à mon retour, je ne dirai pas un mot.

– Oh là là, vous êtes énervé comme une puce ! Depuis le décès de votre pauvre femme…

– Je vous en prie, miss Barlin, Josette est morte depuis dix ans.

La vieille Anglaise dévia aussitôt la conversation.

– Calmez-vous, je causais. Rangez plutôt ce capharnaüm, moi je n'y parviens pas, seule dans votre immense maison.

Miss Barlin hésita. Elle tapotait mollement un coussin, déplaçait un bibelot. Son long corps maigre était une copie assez fidèle du squelette phosphorescent qui ornait le porte-clés de sa voiture.

– Le député sera accompagné de sa jeune femme ? Parce qu'on raconte...

Laurent Talard soupira. C'était cela dont il était las. Ce réseau de sournoiseries, de cancans envieux, de méchancetés déguisées au travers desquels il fallait louvoyer. Il répliqua sèchement :

– Donnez un coup de fer à ma chemise, les plis ne tiennent pas.

Miss Barlin s'empara du vêtement et claqua la porte de la chambre.

Toujours debout face au miroir, Talard écarta ses paupières. Il considéra le blanc jauni des globes oculaires.

– Faciès de bambocheur hépatique. À quarante ans, quelle tête !

Aussitôt, il ricana :

– Les autres, c'est pire !

Il évoquait les amis qu'il croiserait au bal. Le commissaire de police. Les cinq médecins qui se partageaient la clientèle de la ville. Le conseiller général et son gros ventre de bouddha gourmand. Le directeur du *Courrier Bourgui-gnon*. Le P.-D.G. de la société A.M.A. (appareils ménagers Ascore). D'autres encore. Ils se fréquentaient depuis si longtemps. La ville leur appartenait en quelque sorte. Une vingtaine d'entre eux monopolisaient les postes de responsabilité.

La certitude d'une puissance solidement ancrée ne comblait pas Laurent Talard. Il en avait usé, abusé. À quarante ans, il se posait une angoissante question : que restait-il de tout cela ? Miss Barlin ! Il s'effondra dans un fauteuil au cuir patiné, boxa son ventre afin de tester la dureté de ses abdominaux.

– Bougre d'âne, cesse de te plaindre. Tu es riche et en parfaite santé, marmonna-t-il en se regardant le nombril.

La porte de la chambre s'ouvrit avec brutalité.

– Voici votre chemise ! jeta miss Barlin. Vous allez dormir dans ce fauteuil ? Il est vingt heures, le bal débute dans une demi-heure. Allez, allez, du nerf !

Laurent Talard enfila la chemise, douce encore du repassage. Le contact soyeux du tissu eut un effet apaisant. C'était stupide de vivre à deux dans une maison de dix pièces dont la plupart, closes, sentaient la poussière. Oui, sans nul doute, là se trouvait la cause majeure de sa morosité.

Le diagnostic réconforta Talard. Il déménagerait. Il achèterait une autre maison. L'argent ne manquait pas, sa scierie gagnait de l'or. Grâce à sa fonction de maire, il exploitait les meilleures coupes de bois, même s'il payait le prix en usage dans la profession.

— Miss Barlin, nous déménagerons! lança-t-il, subitement plein d'allant. Donnez-moi ce fichu costume!

Plantée derrière Talard, miss Barlin serrait le complet contre sa poitrine. Son étreinte avait quelque chose d'ambigu. La voix de l'Anglaise perdit son assurance. Son aspect physique se modifia. On aurait dit une vieille grand-mère déconcertée par les frasques de son petit-fils.

— Au bal... il y aura Coline?

Talard se détourna. Il évitait le regard incisif de miss Barlin, mais ses yeux cillèrent à plusieurs reprises.

— Oui, ma fille sera présente. Comme la plupart des anciennes élèves du lycée, vous le savez. Surtout un cinquantième anniversaire.

La voix de miss Barlin décrut jusqu'au murmure.

— Essayez de faire la paix avec votre fille, Laurent, essayez encore.

— Bien sûr que j'essaierai, oh oui Helen, j'essaierai, dit Talard. Mais Coline ne rentrera pas à la maison, elle a trop d'orgueil.

Il eut un rire dérisoire.

– L'orgueil, c'est ce qui fait vivre les Talard ! Moi… je n'en ai plus guère, il ne me reste que Coline et je n'ai pas été fichu de la garder.

Iossip Martin était en avance. De toute façon, aucune perspective réjouissante ne le retenait dans son deux-pièces-cuisine. En outre, depuis qu'il avait lu *Le Monstre de Borough*, il adorait le brouillard qui submergeait continuellement C… Selon lui, ce temps londonien conférait une aura de mystère à son métier qui en avait bien besoin. Iossip Martin était journaliste au *Courrier Bourguignon*. Il passait indifféremment de la rubrique des mariages à celle des inaugurations sans oublier celle du conseil municipal.

– Que d'émotions ! Que d'émotions ! lançait-il aux amis goguenards qui l'interrogeaient sur son travail.

Pourtant, Iossip Martin était né vingt-cinq ans plus tôt sous des auspices favorables. Son père, jugeant le lieu de naissance – Courbevoie – et le patronyme Martin peu exotiques, le prénomma Iossip, puis disparut à jamais. Il était cracheur de feu sur les marchés. Sa mère, fausse gitane, rebaptisée Isabelita Marina Amparo y Sibila de Castresana, vendait des horoscopes ou des marchandises volées. À son tour, elle abandonna son fils dès qu'il eut cinq ans révolus.

Avec le recul, Iossip Martin remerciait ses parents. Jamais il n'aurait accepté la vie épuisante de cracheur de feu, ni celle de tireur de cartes, fût-il espagnol. Iossip se flattait d'être un grand paresseux. Puisque le *Courrier Bourguignon* se contentait de diffuser des informations d'une écœurante platitude, il ne voyait aucune raison de se tuer à traquer l'événement. Lénorde, le directeur du journal, l'utilisait à ne rien faire : il ne faisait donc rien ! Ce qui ne l'empêchait pas d'être lucide. Un jour, il serait un grand journaliste dans un quotidien à fort tirage !

Aussi, ce 12 décembre, attendait-il, confortablement allongé sur la banquette arrière de son antique Peugeot, que le lycée daigne ouvrir ses portes. Il était à peine vingt heures. Le bal débuterait à vingt heures trente. Le proviseur du lycée estimait que le respect de l'horaire demeurait la force de l'Éducation nationale. Depuis le parking, immense losange goudronné, aux places parfois personnalisées (place de M. le proviseur ; place de M. l'intendant), Iossip discernait les contours mouvants du lycée qu'engluait un brouillard dense, piqueté du clignotement d'ampoules électriques multicolores. Elles annonçaient, en chiffres énormes, que l'établissement fêtait son cinquantième anniversaire.

Le bâtiment de briques, amarré sur un vaste terrain qu'enserraient deux bras de rivière, supportait admirablement son demi-siècle.

18

Iossip savait que le lycée était en parfait état. La seconde maxime du proviseur était que la propreté et l'entretien des locaux constituaient les fondements d'une saine éducation. Toutefois, la mairie et le conseil général se montraient généreux. Le lycée, orgueil de la ville de C..., se devait aussi d'être un modèle académique.

L'attente pesait. Iossip somnola. Avant de s'étendre au travers de la banquette, il déposa délicatement le matériel photographique sur le plancher du véhicule. Des volutes de brouillard enrubannaient la vieille Peugeot. Iossip s'imagina prisonnier de quelque sous-marin naufragé. Il ressentait une impression d'intense volupté. Seul le bal l'agaçait. Une quinzaine de photos des notables présents et il filerait au lit ! Surtout n'omettre personne ! Et que chacun soit visible de façon identique. Le *Courrier Bourguignon* servait de faire-valoir aux personnalités et Lénorde attachait une grande importance à la présence répétée, dans son journal, des notables de la ville.

Iossip s'abandonna à un rire silencieux. Le début d'embonpoint qui ourlait sa taille s'anima de légers frémissements. L'existence de ce bourrelet était l'unique chagrin de sa vie. Sinon, le jeune homme, plutôt beau garçon avec ses abondants cheveux roux qui couvraient sa nuque, son visage à la peau très claire, aux yeux pétillants couleur de châtaigne, attirait souvent l'attention des filles. Mais il préférait sa collection d'affiches de cinéma ou les discussions passionnées qui reconstruisaient le monde.

Il riait en songeant aux amabilités hypocrites des gens puissants de C… lorsqu'il approchait, la poitrine bardée de ses appareils de prise de vue. Pas un qui ne se damnerait afin d'obtenir une photo et deux colonnes dans le *Courrier Bourguignon*. Le rire de Iossip s'accentua. Un rire énorme qui s'échappait de la Peugeot, comme d'une boîte, et se perdait dans le brouillard. Que croyaient-ils ? Maintes fois, il avait entendu le surnom bouffon dont ils l'affublaient. P'tiot Slip. La ville entière le surnommait P'tiot Slip.

Le lycée s'éclaira enfin. Chaque fenêtre fut un minuscule point jaune qui vacillait à travers le brouillard mouvant. C'était comme un paquebot quittant le port, la nuit.

– Allez, en avant pour le pince-fesses ! bâilla Iossip en s'étirant. Une folle gaieté en perspective !

Il jouissait de chacun de ses gestes, de chacune de ses pensées. La porte était verrouillée, les volets clos. La pièce baignait dans une lumière aveuglante distribuée par plusieurs projecteurs et une suspension à cinq ampoules.

Il désirait la clarté, comme un fleuve de lumière qui magnifierait le moindre de ses gestes. Le smoking. Il serait le seul en smoking. Le nœud papillon noir tel un insecte de mort piqué à la chemise de soie blanche. Il gloussa. Un curieux rire issu du ventre et qui déformait à peine la bouche. Cela suffit pourtant à raviver le mal de tête qui broyait ses tempes d'une douleur diffuse, avec par intermittence une sorte de décharge électrique brève et cruelle. Il avala, sans eau, deux cachets de Retidron. Il dépassait largement les doses admises, mais ce soir, il n'était pas question de tolérer ses habituelles migraines.

Il serait d'une lucidité totale. Totale. Un jour tant espéré ! Le cinquantième anniversaire du lycée. Personne ne manquerait. Trop heureux de se presser à la table des personnalités, ils minauderaient : « Oui, monsieur le préfet, j'ai fait mes études dans ce lycée… nous sommes tellement fiers de notre lycée… »

Le 12 décembre demeurerait un fer incandescent brûlant la mémoire du millier d'invités présents.

D'une pichenette, il se débarrassa d'un cheveu qui souillait son smoking. Il admira sa tenue à travers la vitre d'une immense bibliothèque dans laquelle foisonnait un empilement insensé de livres.

Impeccable.

Son élégance impressionnerait même cet imbécile de député qui mettait un point d'honneur à ne porter que des costumes fripés pour « faire peuple ». Un instant, il eut un doute : sa tenue choisie n'éveillerait-elle pas leurs soupçons ? Non. Il décida aussitôt que non. Ils égrèneraient tant de souvenirs communs, l'œil mouillé par l'émotion et les coupes de champagne, qu'ils ne remarqueraient ni son euphorie, ni sa tenue de fête.

Cette nuit, ils commenceraient à payer. Ce ne serait que le début, un avertissement en quelque sorte, qui rendrait la vengeance encore plus douce. Les imbéciles croiraient à une foucade du destin. Jamais ils n'imagineraient que…

Soudain inquiet, il fouilla fébrilement la poche de son veston. Ses doigts caressèrent à plusieurs reprises la clé de la salle, forme oblongue de métal froid au contact rassurant. Puis, ils se crispèrent sur les cinq carrés de bristol. Par la pensée, il revit l'écriture fine, appliquée, aux lettres d'une beauté limpide. Il avait dû recommencer trois fois. Mais maintenant, tout était parfait. Parfait. Il attendait depuis vingt-cinq ans. Vingt-cinq longues années, à tisser patiemment sa toile, à refouler sa haine, à souffrir d'atroces maux de tête.

Il palpa prudemment la peau de ses joues, vérifia qu'elle demeurait tendue. Le contour des yeux l'inquiétait. Des rides apparaissaient, les paupières inférieures tombaient, formant une amorce de poches bleuâtres. Il songea avec amertume que bientôt il ressemblerait à un vieux chien boxer. Les tiraillements de la peau, au niveau du cuir chevelu surtout, provoquaient des maux de tête de plus en plus fréquents. Ils paieraient pour ça aussi.

Il éteignit la plupart des lampes, ne conservant qu'un halo près d'un fauteuil au tissu rouge sang. Il s'assura de l'heure. Vingt heures trente. Il avait le temps. Le préfet n'arriverait que vers vingt et une heures. Les discours commenceraient et le bal ne battrait son plein qu'aux alentours de vingt-deux heures.

Le Retidron agissait. Il se détendit, s'installa confortablement dans le fauteuil. Il allongea ses jambes, demeura ainsi, complètement immobile. Il disparaissait presque entièrement entre les accoudoirs du siège. Sa tête, un peu grosse, déparait un corps maigre et somme toute anodin. Par contre, l'immobilité du visage étonnait même ses amis. On aurait dit une porcelaine lisse et immuable.

Rares étaient ceux qui avaient pu observer parfois le bref éclair des yeux gris.

– Ils regretteront mais il sera trop tard, murmura-t-il dans le silence de la pièce.

Sur un guéridon d'onyx placé à côté du fauteuil, un livre s'ouvrait à une page marquée d'un signet.

Il saisit délicatement l'ouvrage, retira le repère et lut à mi-voix, lentement, presque avec délectation :

> *– Ô Ciel ! que je crains ce combat !*
> *Grands dieux, sauvez sa gloire et l'honneur*
> *de l'État !*
> *Voyons la reine.*
> *– Hé bien, Titus, que viens-tu faire ?*

Le texte de Racine dispersa les ultimes frémissements de la migraine.

Laurent Talard toussota dans le micro. Le bruit des conversations décrut :

– Monsieur le préfet, monsieur le député, mesdames et messieurs... C'est un grand honneur que vous nous faites, monsieur le préfet, de présider le bal qui ouvre la période des festivités du cinquantième anniversaire de notre lycée. Soyez-en vivement remercié... Je dis à dessein NOTRE lycée. En effet, presque tous ici, dans cette salle des fêtes, sommes des anciens élèves de notre bon vieux lycée Carnot. Regardez autour de vous. Vous reconnaîtrez certainement un camarade de classe, un compagnon de réfectoire, peut-être même un voisin de table par-dessus l'épaule duquel vous copiiez les compositions trop ardues...

L'assemblée émit un rire poli. La soirée commençait. Ni la danse ni le champagne n'avaient défait l'espèce de retenue qui guinde les premiers contacts d'une foule. Les invités se saluaient d'un sourire hésitant, d'un signe amical.

– Ce n'est pas sans émotion, poursuivit le maire, que je croise les regards de mes anciens compagnons. Ils sont presque tous présents et je remercie le temps – vingt-cinq ans déjà – d'avoir épargné notre promotion de potaches. Lorsque j'aperçois là, au premier rang, Luc Bidart que j'ai salué précédemment d'un cérémonieux « Bonjour monsieur le conseiller général », comment ne pas me souvenir qu'en classe de troisième, nous étions de fieffés garnements, assis côte à côte. Du fait de son appétit déjà... considérable, je l'appelais Lapin. Il me nommait Tignasse parce que je ne me peignais jamais.

Cette fois, un vaste rire complice se déclencha et le groupe, amassé devant la scène, ondula comme sous l'effet d'une mystérieuse poussée.

Laurent Talard se moquait des réactions du public ; il lisait mécaniquement son texte, sans prendre la peine d'accompagner les mots d'un minimum de gestes ou de ces quelques mimiques démagogiques qui déchaînent l'enthousiasme. Quand il redressait la tête, ses yeux parcouraient la foule, vite, très vite, puis s'affolaient et reprenaient le fil du discours par le seul miracle d'une volonté tendue.

Laurent Talard cherchait Coline. Ils s'étaient rencontrés au vestiaire quelques minutes auparavant. Elle y déposait un manteau au tissu mince.

– Bonjour papa.

– Bonjour Coline.

Sa longue robe rouge s'était fondue parmi les autres couleurs. Pas un baiser. Ni l'esquisse d'un dialogue. Bonjour papa. Deux mots jusqu'à l'année prochaine, au bal du lycée. Il en était ainsi depuis les dix-huit ans de Coline. Elle avait fait sa valise le jour même de son anniversaire. Pendant que ses lèvres récitaient l'insipide discours, Laurent Talard revivait la scène.

– Jamais je ne deviendrai médecin, ni avocate, ni un autre de tes grandioses projets. Je pars à Paris suivre des cours de comédie, avait murmuré Coline.

La valise était à ses pieds, un minuscule bagage, et lui, son père, assis devant une tasse de café fumant, il n'avait pas détourné la tête. Son orgueil, le fichu orgueil des Talard, avait piétiné la raison et, durant quelques secondes, l'amour qu'il portait à sa fille.

– Tu tiens à ce que je sois la risée de mes administrés ? avait-il suggéré froidement. Si tu pars à Paris, ne remets pas les pieds dans cette maison. En outre, tu ne recevras pas un centime de ton père.

Coline avait seulement dit :

– Au revoir papa.

Depuis quatre ans, il ne rencontrait Coline qu'au bal du lycée. Pour deux mots.

– Aujourd'hui, mes chers amis, notre lycée mérite notre fierté. Combien de bacheliers sont sortis de ces murs ? Combien d'entre vous ont accompli et accomplissent encore de magnifiques carrières grâce à ce « bon vieux bahut » comme nous disions alors ?

« Coline, Coline je t'aime ! » hurlait le cerveau de Talard au moment où sa bouche énonçait « bon vieux bahut ». Comment l'apercevoir parmi toutes ces têtes ? Une grimace de rancune déforma brièvement sa lèvre inférieure ; le bal était ridicule, les invités étaient ridicules ! « Rentrez chez vous ! » voulait crier Talard, mais il prononçait d'autres mots.

– Comment ne pas remercier, en ce jour particulier, les généreux donateurs de la ville de C... qui contribuent à la réputation de notre lycée. J'évoquerai surtout M. Ascore, P.-D.G. de la société A.M.A., qui vivifie notre région. M. le proviseur me confiait, tout à l'heure encore, qu'il demeurait confondu par tant de largesses. Et je n'aurai garde d'oublier le directeur du *Courrier Bourguignon*, M. Lénorde, qui non seulement rend compte de la richesse de notre vie locale, mais participe aussi à l'entretien et au bon fonctionnement de notre établissement. Son mérite est d'autant plus remarquable... que M. Lénorde doit sa réussite à un autre lycée. Il nous est toujours pénible, vous le savez bien, d'admettre la valeur d'établissements concurrents...

Maintenant, les invités riaient franchement. Quelques coupes de champagne circulaient de main en main. Soudain, au fond de la salle des fêtes, à proximité de l'issue de secours, Laurent Talard vit l'éclat pourpre d'une robe. Coline ! Dans un éclair de lucidité, il prit une résolution qui le transporta d'allégresse. Il ne pensa plus qu'à sa décision irréfléchie qui serait une délivrance ou un échec irrémédiable. Il rejoindrait Coline. Il prendrait sa fille par l'épaule. Il confesserait sa faute. Il demanderait pardon. Oh oui, il demanderait pardon. Il piétinerait l'orgueil des Talard. Définitivement.

– ... la majeure partie des salles, les couloirs, bref, quasiment l'ensemble de l'établissement vous est exceptionnellement ouvert ce soir et j'espère, monsieur le préfet... Bonne soirée, mesdames, mesdemoiselles et messieurs.

Il y eut quelques secondes de stupeur. Le maire descendait de l'estrade, se frayait un passage à coups de coude. C'était inconvenant. Incompréhensiblement inconvenant.

Mais déjà l'orchestre entamait *Le Beau Danube bleu* qui ouvrait chaque bal du lycée Carnot. Le proviseur et son épouse s'élancèrent sur la piste.

Le Nikon fonctionnait sans discontinuer. Le maire au micro. Le préfet. Surtout le préfet. Les notables. Iossip circulait de groupe en groupe. À son approche, les sourires s'élargissaient. Les invités prenaient instinctivement la pose. Un gamin d'une dizaine d'années, au sourire frondeur, se glissa à côté du député et lança :

– Tu me photographies, P'tiot Slip ?

Iossip siffla entre ses dents.

– P'tit con !

Il rêvait de coller une beigne au môme rigolard, pourtant c'était un luxe qu'il ne pouvait s'offrir. Si son emploi au *Courrier Bourguignon* ressemblait peu à l'idée qu'il se faisait du journalisme, il assurait du moins un salaire décent. Iossip Martin reconnaissait volontiers qu'aucun autre employeur ne se contenterait de si peu de travail. « Encore une dizaine de photos et Lénorde bondira d'aise ! se dit Iossip. Ensuite, un verre ou deux aux frais de la princesse et je rentre. »

Il scruta la salle à la recherche du directeur du *Courrier Bourguignon*. Quelques clichés près de lui ne pourraient que servir les intérêts du photographe maison. Lénorde appréciait les manifestations d'hypocrite soumission hiérarchique. Il ne le vit nulle part. « Il est au bar ! songea Iossip. Le champagne attire ce type comme la gazelle le lion. Dans ces conditions, le photographe officiel se retire ! »

Iossip Martin quitta discrètement la salle des fêtes. Dès le couloir, le discours du maire ne parvenait plus que feutré, comme irréel. Plusieurs invités arpentaient les lieux. Ils se croisaient, le regard fuyant, gênés d'être découverts en flagrant délit de désintérêt.

Iossip résolut de se rendre dans le bâtiment réservé aux élèves du second cycle. C'était le plus lointain, il y serait seul. La salle des fêtes occupait une position centrale. De ce cœur partaient de longs couloirs sombres qui menaient aux divers bâtiments, chacun ayant sa spécificité.

À mesure que Iossip marchait, il rencontrait de moins en moins d'invités. Peu à peu, le silence se fit autour de lui. Iossip Martin éprouvait la désagréable sensation d'être un cambrioleur progressant dans la pénombre.

Sur une porte, il lut l'inscription : *Histoire Géographie-salle 101*. Iossip entra. Il s'offrirait une demi-heure de relaxation, puis replongerait dans la cage aux fauves. Les derniers clichés. Les danseurs en action. Le préfet et l'épouse du proviseur. Photographier le député, vieillard cacochyme, valsant aux bras de sa jeune épouse, ne manquerait pas de sel, mais Lénorde refuserait le négatif !

La salle 101 était dans l'obscurité complète. Iossip s'étendit à même le sol sans se soucier de ses vêtements. Il entendit alors une respiration.

– Il y a quelqu'un ?

– Oui… oui… moi…

– Tiens, tiens, voyez-vous ça ! Nous sommes donc deux à fuir les discours officiels !

Iossip Martin tâtonna à la recherche de l'interrupteur. La lumière agressive se répandit dans la pièce. Une jeune fille, très pâle, se tenait assise derrière le bureau.

– Vous vous sentez mal ? demanda Iossip.

– Non, non, ça va… un peu mal au cœur seulement, mais c'est fini.

– Le discours ! Les discours de Talard sont souvent indigestes !

Une lueur de défi anima le regard de la jeune fille.

– Le maire est mon père.

Iossip Martin rougit.

– Je vous prie d'excuser ma désinvolture, j'ignorais…

– N'en parlons plus. Je m'appelle Coline, et vous ?

– Iossip. Iossip Martin, journaliste au *Courrier Bourguignon*. Ainsi, vous êtes Coline Talard ?

– Pour un journaliste, vous me semblez plutôt mal informé, non ? ironisa Coline. Pourquoi ne travaillez-vous pas… là-bas ?

Iossip Martin s'avança jusqu'au bureau. Il dévisageait Coline avec curiosité. La jeune fille était très belle, bien que par contraste, l'écarlate de la robe rendît effrayante la pâleur du visage. Ses longs cheveux noirs étaient emmêlés, comme si elle s'était enfoui la tête entre les bras. Iossip s'accouda au bureau de contreplaqué, couvert d'inscriptions, de prénoms, de cœurs transpercés.

– On ne dirait guère que vous vous apprêtez à danser, glissa-t-il.

– Oh, le bal… Coline soupira et poursuivit. On ne dirait guère que vous êtes photographe… Vous voyez, les apparences… Que comptiez-vous photographier ici ?

Iossip Martin plaça le viseur du Nikon devant son œil droit.

– Vous, peut-être… une apparition. Le sixième sens de l'artiste, en quelque sorte, qui me commandait de venir jusqu'ici. Là-bas, on se fiche de ma présence… je ne suis que Iossip, dit P'tiot Slip, employé de Lénorde et comptable de la gloire de ces messieurs-dames.

Mais Coline n'écoutait pas. Elle paraissait suivre sa propre pensée.

– L'année de ma terminale, dans ce lycée, j'ai écrit chaque discours de papa…

Le silence fut de plomb. Les néons bourdonnaient.

– Un sourire, un vrai, et j'appuie, dit Iossip. Demain, votre portrait à la une du *Courrier Bourguignon* !

Coline éclata en sanglots.

Demeurer calme. Surtout demeurer calme. À part ce maudit mal de tête, le plan se déroulait à la perfection. Certes, il souffrait aussi d'une légère contracture musculaire, mais dès que les événements s'enclencheraient, son corps récupérerait sa souplesse originelle. Il lissa la peau de son visage. Il avait l'impression de toucher un autre que lui-même.

Il vérifia une dernière fois. Les carrés de bristol beige où figuraient les cinq noms se trouvaient à leur place. Exactement comme vingt-cinq ans auparavant. Même la vaste salle, à quelques détails près, était identique. Seules la moquette, les peintures remplaçaient carrelage et tentures d'autrefois.

Il avait le temps. Le bâtiment où se réunissait le conseil d'administration du lycée Carnot était à l'écart, au fond du parc. La pièce, aménagée dans une ancienne grange, conservait, apparentes, les poutres primitives. Une immense table circulaire occupait la salle tout entière.

Une loggia vitrée, qui surplombait les lieux, abritait la régie, permettant l'enregistrement des débats. Il avait eu beaucoup de peine à se procurer la clé. Mais la patience demeurait sa force essentielle : il attendait depuis vingt-cinq ans. Le jour était enfin venu.

Un rictus tiraille le coin de sa bouche. Ses mains tremblaient. Il ne parvenait pas à dégager les comprimés de Retidron de leur alvéole de plastique.

Le cinquantième anniversaire ! L'inscription triomphale figurait partout ! Il ricana. Pour lui, ce serait seulement le vingt-cinquième, mais quel anniversaire ! Il consulta sa montre. Vingt-deux heures. Maintenant, la personne qu'il attendait ne tarderait plus. Sans bruit, il gravit le court escalier dérobé qui accédait à la cabine. Il abaissa une manette : la salle du conseil d'administration s'emplit d'une lumière violente. Il s'installa dans un fauteuil club de skaï rouge, s'empara du micro qu'il pressa convulsivement entre ses mains aux longs doigts nerveux.

Il fixa la porte d'entrée. De sa place, il jouissait d'une vue panoramique de la salle. Par contre, les feux croisés des points lumineux rendaient l'intérieur de la régie invisible.

– Coline, tu es là ?

Aussitôt, Laurent Talard perçut la sottise de son appel. La salle du conseil d'administration était déserte. Son émotion était telle que ses jambes cédaient sous lui. Il s'affaissa sur le plus proche siège. Coline avait fait le premier pas ! Quatre années de malheur touchaient à leur terme. Demain, miss Barlin délirerait de joie.

Il relut le mot griffonné qu'un gamin lui avait transmis alors qu'il poursuivait la corolle rouge de la robe fantôme. Nulle part il n'apercevait Coline. En raison des bousculades, il désespérait de rejoindre sa fille lorsque le gosse avait dit :

– Un message, monsieur le maire !

Sidéré, Laurent Talard n'avait pas même remercié.

Papa. J'ai à te parler. Je t'attends dans la salle du conseil d'administration. Coline.

Elle avait un peu de retard. Quelle importance ! Qui avait ouvert et éclairé la salle ? Sans doute était-ce en l'honneur du cinquantième anniversaire du lycée ? Le silence troublait Laurent Talard. Que dirait-il à Coline ? Rien. Il l'embrasserait et ne parlerait pas. Un baiser valait autant qu'une confession.

Talard se leva, entreprit le tour de la table. Son corps s'ankylosait, il détestait l'inaction.

« Comme c'est étrange », pensa-t-il.

Il apercevait, encore en place, les cartons de présence du dernier conseil d'administration. Il se pencha, lut les noms. Il ne put réprimer un bref frisson d'orgueil en déchiffrant le sien. *Laurent Talard, maire.* Toutefois, son subconscient enregistra deux anomalies. D'habitude, les noms étaient imprimés et non écrits à la plume. Et pourquoi ne subsistait-il que les cinq bristols des personnalités extérieures au lycée ?

Il s'immobilisa, perplexe, et se surprit à épier le silence. C'est alors que la voix jaillit des enceintes latérales.

– Elle ne viendra pas, Talard !

Saisi, Laurent Talard regarda autour de lui comme si un pur esprit avait proféré la sinistre prédiction. Il ne leva la tête en direction de la régie que lorsqu'il eut admis qu'il était seul dans la pièce. La vitre du studio d'enregistrement reflétait les éclats obliques d'une lumière aveuglante.

– Non, Coline ne respectera pas sa promesse de rendez-vous, monsieur Talard. C'est moi qui ai expédié le message que vous tenez encore à la main.

La déception fut si puissante que l'extravagante mise en scène ne retint d'abord pas l'attention de Laurent Talard. Ce fut comme s'il se cognait à un mur. Comme si l'anéantissement de l'espoir insensé des minutes précédentes élargissait encore le gouffre qui le séparait de sa fille. Il était défait. La voix aux consonances métalliques rompit son accablement.

– Monsieur le maire, asseyez-vous à votre place, celle qui vous attend depuis vingt-cinq ans. Voyez, j'ai pris la peine de déposer un carton à votre nom.

– Que signifie… et d'ailleurs, qui êtes-vous ?

– Ne vous énervez pas, Talard, je vous propose d'évoquer ensemble le passé. Néanmoins, je vous conseille de suivre mes directives.

La voix, maintenant doucereuse, chuintait les fins de phrases. Talard y décela une violence contenue, mais il obéit comme un automate et prit place à l'endroit indiqué. Il n'en voulait même pas à ce type d'avoir utilisé Coline comme appât. Groggy. Laurent Talard était groggy. Pourtant, dans un ultime effort de révolte, il lança :

– Je grimpe dans la cabine et il se peut que… que je vous casse la gueule !

– Je vous le déconseille, Talard ! Calmez-vous plutôt. Je déplore ce subterfuge, cependant reconnaissez que notre entretien est bien plus excitant qu'un bal stupide.

Laurent Talard écoutait le souffle rauque de l'individu. Le haut-parleur en amplifiait le rythme. On aurait dit le halètement d'un chien.

Il plaça ses mains en visière, au-dessus des yeux, mais la protection insuffisante atténuait à peine l'éblouissement. La cabine restait dans l'ombre. C'était comme un énorme œil vide. « Bon, après tout, pourquoi pas, se dit Talard. Un invité ayant abusé du champagne et désirant se payer la tête du maire ? Allons-y ! Servir de tête de Turc lors d'un cinquantième anniversaire est peut-être dans l'ordre des choses ! »

Le souffle rauque s'atténua et la voix éclata, soudain agressive.

– Vous souvenez-vous, Talard, d'un certain conseil de discipline, il y a vingt-cinq ans, ici même ?

– Je ne vois pas…

– Parlez dans le micro, Talard ! Mais si, voyons. Vous étiez élève de troisième. La classe de troisième moderne deux, une classe d'idiots prétentieux. Un ramassis d'incapables qui comptait surtout cinq meneurs… Lisez les noms à côté du vôtre…

L'homme, visiblement excité, jouait avec la table de mixage pour travestir sa voix naturelle. Le micro sifflait.

– La classe de troisième moderne deux eut cette année-là un jeune professeur de français dont c'était le premier poste.

– Ah oui, je me souviens vaguement, intervint Talard qui éclata de rire. Ainsi, c'était cela votre surprise ? Nous étions dans la même classe, il y a vingt-cinq ans ? Qu'est-ce qu'on a pu le chahuter, le pauvre prof !

– Quel remarquable exploit ! éructa la voix. Vous êtes décidément toujours un triste sire ! Le professeur débutant était surnommé Titus. Vous étiez cinq à lui rendre la vie impossible, cinq à orchestrer d'immondes chahuts, cinq à assassiner son amour du métier !

L'homme criait. La salle vide renvoyait l'écho hystérique des mots.

– Titus adorait la littérature, cette littérature que vos chahuts innommables insultaient chaque jour. Il a demandé votre exclusion du lycée. Le conseil de discipline s'est réuni ici même. Les cinq coupables étaient présents. Votre professeur de lettres faisait preuve d'une rare naïveté : au conseil de discipline, plusieurs de vos parents siégeaient en tant que notabilités ! Juges et parties ! Monsieur le maire, vous souvenez-vous du verdict ?

À cet instant précis, Laurent Talard fut certain de la folie de l'individu. Il ne s'agissait nullement d'une farce d'homme ivre, mais bien d'une macabre mise en scène. Le sang reflua de son corps, ses mains agrippèrent la table d'acajou.

– Vous avez oublié le verdict, n'est-ce pas monsieur le maire ? Écoutez-le.

La sonorisation crachouilla. Il y eut le sifflement caractéristique d'une bande magnétique qu'on enroule, puis Laurent Talard se crut revenu vingt-cinq ans en arrière. Le proviseur de l'époque parlait.

– … situation intolérable. Les cinq élèves de troisième moderne deux se sont conduits de manière indécente, le fait est indubitable. Donc, nous leur infligerons une sanction conséquente que je laisse, messieurs, à votre appréciation. Néanmoins… euh… leur professeur de français, M. Antoine Grappin, est coupable de fautes graves. Sa notoire incapacité a déstabilisé notre lycée, terni une réputation jusque-là irréprochable. Je pense qu'il est de mon devoir, ainsi que le propose le conseil de discipline, de suggérer à M. le recteur de l'Éducation nationale, le renvoi de M. Grappin et…

L'enregistrement s'arrêta brusquement.

– Alors Talard, la mémoire revient-elle ?

– Qui êtes-vous ? hurla Talard. Votre sinistre comédie a assez duré !

– Je suis Titus, Talard ! Souviens-toi de Titus !

– C'est impossible… il… il est mort !

Laurent Talard entendit coulisser la vitre de la loggia. Puis les spots s'éteignirent. Une ombre s'avança. Plus près encore.

– Vous ? s'exclama Talard.

– Souviens-toi de Titus !

Quand les deux détonations explosèrent dans la pièce, le visage souriant de Coline s'imprima sur les rétines déjà mortes de Laurent Talard.

Iossip Martin découvrit le corps de Laurent Talard. Attiré par la lumière, le journaliste pénétra dans la salle du conseil d'administration. Dans sa main, le maire de C… froissait un bristol beige sur lequel figurait une mention sibylline :

Hé bien, Titus, que viens-tu faire ?

Aussitôt, Iossip Martin prit une multitude de clichés. En accord avec les personnalités présentes, Lénorde, le patron du *Courrier Bourguignon,* refusa d'en publier un seul. Il refusa aussi l'article.

Le lendemain, le *Courrier Bourguignon* fit paraître un simple avis de décès.

Si vous m'en croyez...
Cueillez, cueillez votre jeunesse...

Fred Ascore conduisait la Porsche rouge avec la morgue d'un pilote de formule 1. Brouillard ou pas, il roulait à vive allure. Un unique coup d'avertisseur et les automobilistes se rangeaient sagement sur le bas-côté. Dans la région, la Porsche rouge appartenait au folklore local. Les habitants acceptaient que les routes soient la quasi-propriété de Fred Ascore. Ascore dirigeait les usines A.M.A. En fait, sa femme possédait l'usine, les capitaux, le manoir où le couple cohabitait de façon distante, les centaines d'hectares de terrain... la Porsche aussi !

La Porsche ! Ascore bouillait de rage. Tous les deux ans, il vendait la Porsche rouge, achetait une autre Porsche rouge et, chaque fois, sa femme Marion susurrait avec perfidie :

– Un petit cadeau, mon chéri.

Elle signait le chèque avec lenteur, séchait interminablement la signature en l'agitant et minaudait.

– Un tcl nombre de zéros garantira-t-il ta gentillesse, mon cher Frédo ?

Il haïssait ce diminutif. Ce 23 décembre, Fred Ascore se sentait en excellente forme. Il se rendait à son club de tennis, ainsi qu'il le faisait trois fois par semaine. « Son » usine tournait merveilleusement, les perspectives d'avenir s'annonçaient sous les meilleurs auspices, comme si la boulimie mondiale de cafetières ou de moulinettes à persil ne devait jamais cesser. Après les fêtes de Noël, il se rendrait – seul – aux sports d'hiver, dans le chalet d'Avoriaz. Une semaine de liberté, à s'enivrer de ski, de poker, de filles surtout. À quarante-deux ans, Ascore éprouvait une véritable fringale de femmes. Il était assez mal bâti, plutôt courtaud, avec une tête de bandit calabrais et chaque conquête féminine le rassurait. À C..., son statut social ainsi que la férocité de Marion empêchaient tout écart moral. Or, l'existence de Fred Ascore reposait sur trois principes : l'argent, les femmes, la respectabilité étaient le sel de toute vie digne d'être vécue. De cette philosophie découlait un mépris souverain envers l'univers entier, mépris que le paravent d'une solide éducation bourgeoise ne parvenait plus à dissimuler. Qu'une bonne partie de la ville s'échinât dans ses usines en échange d'un salaire dérisoire était dans l'ordre naturel des choses. De même que l'admiration craintive des ouvriers ou les flatteries de ceux qui espéraient bénéficier un jour des miettes du prospère groupe A.M.A.

Le club de tennis était peu animé. Quelques inconnus sans intérêt, le docteur Lagorce, le moniteur. Depuis quelques jours, Lagorce boudait, en cyclothymique dont il ne fallait pas se préoccuper.

– En forme ? s'enquit le moniteur, avec un sourire poli.

– Couci-couça, dit Ascore. Aujourd'hui, vous me faites cracher les tripes. Dans deux jours je fais un tournoi.

– Entendu, monsieur Ascore, nous travaillerons le revers qui laisse à désirer…

– Mon revers est bon ! coupa sèchement Ascore.

– Tout à fait ! s'affola aussitôt le moniteur.

Il s'empêtra dans de tortueuses explications dont jouissait méchamment Ascore.

– Tiens, Fred ! Déjà là ! La limitation de vitesse en a encore pris un coup !

Jérôme Lequimpois, en short et en nage, quittait les courts et s'approchait du bar à grandes enjambées. Une partie de tennis n'intéressait le commissaire de police de C… que dans la mesure où elle se concluait par l'absorption de deux ou trois bières. Ascore n'attendit pas qu'il récupère sa respiration.

– Alors ?

– Alors quoi ?

– L'enquête ?

Lequimpois s'installa confortablement derrière le bar, versa la bière brune anglaise que le garçon servait automatiquement. À son avis, chaque problème de l'existence méritait une bière anglaise avant d'être examiné. Il renifla d'aise, admira la mousse chocolat qui escaladait les bords du verre ; ses lèvres charnues se coloraient du rose de l'envie.

– Le meurtre de Talard m'agace ! J'ai choisi de réintégrer ma ville d'origine, au risque de terminer ma carrière comme commissaire de dernière catégorie, parce que j'aime la tranquillité. Et BOUM ! La tuile maximale. Un abruti assassine le maire !

Ascore ironisa.

– Évidemment, le tennis, la bière, le farniente… pour la progression de l'enquête…

– Oh Fred, une sourdine s'il te plaît ! Pas une âme de ce bled n'ignore que tu souhaites devenir calife à la place du calife !

Ascore se raidit. Le brun mat du visage se pigmenta de points pâles.

– Ce qui signifie ?

– Je t'en prie, ne me joue pas le coup de l'innocence outragée. La mort de Talard t'arrange plutôt ? Tu convoites la mairie, non ?

– Quelle élégante manière de dire les choses ! Tu l'avoues toi-même : un flic de dernière catégorie.

– Eh oui que veux-tu ! Comme toi, j'aimerais diriger le patelin, mais il me manque l'ambition et, par-dessus le marché, j'ai épousé une simple secrétaire, moi !

Les yeux d'Ascore s'étrécirent. Il pointa l'index en direction de la poitrine de Lequimpois et utilisa le ton sec qu'il employait avec ses ouvriers.

– Exact ! N'oublie pas de préciser que la secrétaire en question a fait sa valise ! Quant à l'affaire, je crois comprendre que tu n'as pas la moindre piste en vue ?

– Pas la moindre ! Jean-Marc, une autre bière s'il te plaît !

Jérôme Lequimpois dessina des cercles concentriques sur le verre embué de la bouteille. Il lâcha un bref rire sarcastique.

– L'idéal serait un rôdeur… mais ce serait trop beau. Un type étranger à la ville qu'un collègue coincerait à cent ou deux cents kilomètres d'ici. Une arrestation en douceur, pas de remous excessifs…

Ascore se désintéressait de la conversation. Son seul objectif était d'apprendre le premier le nom du coupable. L'irritante désinvolture du commissaire gâchait la soirée ; il alla jusqu'aux vestiaires, mais en ouvrant la porte de communication, il jeta à la cantonade :

– Quel flair ! Un rôdeur qui assassine le maire et signe « Hé bien, Titus, que viens-tu faire ? » Vraiment, tu es le Rantanplan des flics !

Dans les vestiaires, il regretta aussitôt sa sortie. Fred Ascore appartenait à la catégorie des hommes ambitieux qui évitent de s'aliéner tout individu détenant une parcelle de pouvoir. D'ailleurs Lequimpois faisait partie de ses relations. Ils avaient suivi une scolarité parallèle au lycée de C... et le manque d'ambition du commissaire sécurisait ses propres appétits. En outre, les reparties saugrenues et les anecdotes policières de Lequimpois détendaient l'atmosphère des mortelles soirées qu'organisait Marion.

« Je l'inviterai un week-end à Avoriaz », songea Ascore en se déshabillant. Et il oublia aussitôt sa mauvaise conscience. Fred Ascore estimait que chaque faute avait son prix et que le payer valait absolution. Non, ce qui l'importunait plutôt était l'existence d'un assassin à C... L'idée même était insupportable. Il ressentait la présence du meurtrier comme une provocation.

– Le salaud ! se surprit-il à murmurer.

La glace, fixée sur le mur d'en face, renvoyait l'image de son torse étroit. Dans son short rouge de satin brillant, on aurait dit un boxeur de quartier attendant dans l'ombre l'instant du K.-O.

La mort de Laurent Talard changeait considérablement la situation. Qui d'autre à C... pouvait rivaliser avec le P.-D.G. des usines

48

A.M.A. pour la conquête de la mairie ?
Personne. Aux prochaines élections, Talard,
très populaire, aurait à nouveau raflé le poste.
Maintenant, la voie était libre.

Cette idée redonna de l'énergie à Fred Ascore.
Il se surprit à boxer le reflet de la glace. Alors
qu'il décochait un uppercut génial au maigri-
chon en short rouge, la porte du vestiaire s'ouvrit en grand.

– Euh… m'sieur Ascore, bredouilla le moniteur hésitant, le téléphone…

– Donnez et laissez-moi ! coupa aigrement
Ascore.

Chaque fois que les événements résistaient ou
se déroulaient selon un ordre imprévu, la fureur
le gagnait. Malgré les rigoureuses interdictions,
quel casse-pieds osait le déranger au club ?

– Allô, Ascore, j'écoute.

– Le nom de Gina Zanini vous rappelle-t-il
quelque chose ?

Fred Ascore devint livide.

– Bien entendu, ma question est de pure
forme, poursuivit la voix, à peine audible. Le
fils de Gina, Ricardo, est un splendide garçon
de six ans, un peu maigre sans doute, mais
dont le visage ne manque pas de noblesse,
n'est-ce pas, mon cher Frédo ?

– Qui êtes-vous ? souffla Ascore.

Des perles de transpiration humectaient sa
lèvre supérieure.

– Peu importe. Pour le moment, peu importe. Vous l'apprendrez en temps utile, cher Frédo... le temps répare tout. Je vous appellerai à votre domicile dès ce soir, à vingt heures précises. Je suis convaincu que vous ne laisserez pas la douce Marion décrocher le téléphone... n'est-ce pas, cher Frédo ?

– Salaud ! Combien exiges-tu ?

Fred Ascore perçut distinctement le bruit du combiné que l'on repose sur son socle.

Quels idiots ! Des ignares dont la nullité littéraire reflétait l'exacte capacité de leur infime cerveau.

Hé bien, Titus, que viens-tu faire ? Racine. *Bérénice,* acte IV, scène IV. Pas un qui ait repéré l'origine de la citation ! Assis dans le fauteuil de tissu rouge, il parcourait le mince article que le *Courrier Bourguignon* publiait ce jour-là.

Assassinat de notre maire : aucune piste encore. La police, que ce soit la police locale ou le S.R.P.J. de Dijon délégué en renfort, ne parvient pas à résoudre le mystérieux message que tenait Laurent Talard. « Hé bien, Titus, que viens-tu faire ? » Il paraît vraisemblable qu'il s'agit là d'une ruse de l'assassin, destinée à égarer l'enquête en direction de...

Suivait une colonne d'inepties. Il ne s'en étonnait guère. Sa brève expérience professionnelle lui avait permis de tester les dispositions littéraires des enfants de C... Lamentables. Il aurait inculqué le goût des lettres à des générations entières si...

Il éteignit les lumières, ne gardant qu'un lampadaire au long pied courbe dont l'ombre se dessinait en gibet. Il aimait cette ambiance macabre, ce silence de tombe. Il replia le journal, s'empara d'un volume relié cuir, intitulé : *Œuvres complètes de Ronsard. Textes. Commentaires*. Il lut à mi-voix, bougeant à peine ses lèvres fines surmontées d'une moustache noire clairsemée. Après avoir égrené un chapelet de poèmes, il referma le volume, laissa couler son corps au creux du reps rouge. La peau du visage tressaillit, les yeux gris s'effacèrent sous les lourdes paupières striées de rides profondes. Il paraissait dormir tant le murmure qui s'échappait de sa bouche était imperceptible. Il récitait le poème de Ronsard qu'il préférait.

> *Mignonne, allons voir si la rose*
> *Qui ce matin avait déclose*
> *Sa robe de pourpre au soleil...*

À la dernière strophe, il marqua une pause. Ses lèvres frémirent. À voix haute, il déclama :

> *Cueillez, cueillez votre jeunesse !*

Soudain, une rupture stupéfiante se produisit dans l'attitude de l'homme. Jusque-là, son visage était demeuré sans grande expression, ses mouvements se limitaient à l'essentiel. Il eut d'abord comme un hoquet, un soubresaut sec issu du fond de la gorge. Le phénomène se répéta deux ou trois fois ainsi que les toussotements d'un moteur qui refuse de démarrer. Bientôt, le corps entier subit les tressaillements, le fauteuil au tissu sanguin trépidait aussi.

L'homme riait. Un fou rire sans joie qui animait tout son être de convulsions ridicules.

Entre deux spasmes, il répéta :

– *Cueillez, cueillez votre jeunesse...* Je vous accorde jusqu'à demain 24 décembre pour cueillir votre jeunesse, enfin... ce qu'il en reste. D'ici vingt-quatre heures, le père Noël cueillera votre jeunesse...

Ce qui lui tenait lieu de rire reprit à une cadence accélérée. Puis, il se brisa net. Il se souvenait. Les images du passé resurgissaient, telles ces bulles de gaz putride qui éclatent à l'air libre, au-dessus des marais.

Le chahut. L'immonde chahut lorsqu'il expliquait Ronsard, Verlaine, Flaubert ou d'autres auteurs aussi admirables. C'était comme les tempêtes d'équinoxe qui grondent au lointain avant d'exploser violemment, sans qu'il soit possible de s'y opposer. Il y avait d'abord les murmures qui enflaient malgré ses efforts.

– Taisez-vous, je vous en prie ! Allons, voyons, un peu de silence, terminons ce superbe texte…

– Ringard, Ronsard !

– Débile, Ronsard !

– À poil, Ronsard !

Alors se déclenchaient les rires. Les injures. La classe ondulait devant la chaire ; une peur sournoise tétanisait ses muscles. Il ne parlait plus. Il ne bougeait plus. C'était un double crime perpétré devant un témoin impuissant. On tuait la littérature. On bafouait la beauté. Et lui-même était dépassé. Humilié.

Ensuite intervenaient les cinq. C'était toujours ainsi. Trop lâches pour amorcer le chahut, ils activaient le feu lorsque l'incendie faisait rage. La curée. Ils aimaient la curée.

Des escargots qui escaladaient son bureau. Les craies qui volaient. Le claquement assourdissant des doigts dans les bouches. Les sifflets. Le vacarme. Les rires. Les hurlements. Le bruit infernal qui le pétrifiait aussi sûrement que la mort. Puis venait son tic nerveux et les rires redoublaient. Sa mâchoire grinçait. Un mouvement d'avant en arrière comme s'il cherchait à user ses propres dents. Malgré sa volonté, le crissement demeurait incontrôlable. Son corps n'obéissait plus.

Les cinq dirigeaient l'émeute. Vingt-cinq ans après, il situait distinctement les cinq voyous incultes qui s'enivraient de leur popularité de

53

chahuteurs. Cinq démons. Un jour, il avait craqué. Exigé un conseil de discipline. Quel imbécile il avait été ! Profitant d'une occasion si favorable, C... avait obtenu sa radiation de l'Éducation nationale.

« Professeur dépressif, victime en cours de graves crises de tétanie. Aucun sens de la pédagogie. Inapte à l'enseignement. »

Il possédait encore l'ignoble acte d'accusation, là, entre deux feuillets du *Dictionnaire des auteurs français du XXᵉ siècle*.

Peu à peu, les souvenirs lancinants s'estompèrent. Il fit quelques pas près du fauteuil, aspira de grandes bouffées d'air afin d'apaiser sa respiration qui sifflait. L'atmosphère de la pièce était viciée. Jamais il n'ouvrait les fenêtres. Pas même les volets.

Il s'installa derrière une table de chêne foncé, dans le coin le plus sombre de la salle. La lumière était inutile. Chaque chose était à sa place. D'une boîte d'un marbre aux reflets bleutés, il extirpa un bristol. Sa main qui maniait le stylo gravé de deux initiales d'or fin – A.G. – était d'une parfaite fermeté lorsqu'il calligraphia avec soin les vers de Ronsard.

Si vous m'en croyez...
Cueillez, cueillez votre jeunesse.

Le meurtre de Laurent Talard bouleversa la vie de Iossip Martin. Sa tranquillité reposait sur la pratique modérée d'un travail sans intérêt. Or, au cours de la nuit du bal tragique, vers quatre heures du matin, on sonnait à sa porte. Il ouvrit, vêtu d'un superbe kimono.

– Coline !

La jeune fille pleurait des hoquets qui coupaient sa respiration.

– Je ne sais pas où aller… je ne veux pas rentrer chez moi et à l'hôtel j'ai peur…

Iossip Martin rougit des orteils à l'extrémité des cheveux. Coline déboulait à son domicile à quatre heures du matin ! Et lui, en kimono, les cheveux en bataille, cherchait désespérément quelque chose à dire ! Il oublia vite sa gêne car Coline s'effondra, évanouie. Dans sa robe écarlate étalée sur le parquet, on aurait dit un coquelicot coupé.

Cette nuit-là, et beaucoup d'autres encore, Iossip Martin dormit calé sur des fauteuils juxtaposés. Les longues heures d'insomnie permettaient la réflexion. Il n'en avait pas l'habitude. Des années de solitude l'enlisaient dans une vie douillette.

L'irruption de Coline détruisit le fragile équilibre. Le meurtre de Talard aggrava l'état des choses. Le lendemain, dès que le docteur Lagorce eut vitaminé Coline à haute dose, ils se lancèrent dans une grande conversation.

– Contrairement à ce que vous pensez, j'adorais mon père, dit Coline.

– Je... ne pense rien. Après tout, c'est votre père.

– Tant que l'assassin sera en liberté, je demeurerai à C...

Coline se déplaçait dans l'appartement en chemise de nuit. Iossip, qui se rendait au *Courrier Bourguignon*, triturait les courroies de ses appareils photos.

– Cela risque d'être long. S'il s'agit d'un rôdeur ou du crime gratuit d'un fou, jamais peut-être...

– Vous savez parfaitement, comme tout le monde à C..., que ce n'est pas le cas, murmura Coline. Cette thèse arrange bien les choses : d'ici quelques semaines, on aura oublié la mort de mon père, la ville retombera dans son train-train... mais je ne le permettrai pas !

Les derniers mots furent jetés avec un mépris désespéré.

– Si vous désirez habiter ici quelques jours, hasarda Iossip en rougissant à nouveau comme un collégien.

– Merci.

Elle avait dit merci simplement, comme si la proposition allait de soi. Puis, elle s'était mise à pleurer.

Ce genre de situation déboussolait Iossip. Il se dandinait, à proximité de la porte. Esquissait un pas ou deux. Déplaçait un bibelot. La seule issue qu'il imagina à son indécente gaucherie fut une réplique de cinéma.

– Je vous sers quelque chose ?

Coline renifla.

– Excusez-moi… oui, volontiers. Un whisky.

– Je n'en ai pas… je n'en ai jamais eu… j'ai dit ça…

Les sanglots s'interrompirent. Ils se dévisagèrent et rirent. Coline utilisa la première le tutoiement. Iossip entendit à peine les mots.

– Je t'en prie, Iossip, n'accepte pas que les autorités enlisent l'affaire. Mon père a été assassiné par un meurtrier qui habite cette ville. Il a agi délibérément, pour une raison que j'ignore. S'il te plaît, utilise le *Courrier Bourguignon*, écris des articles, use de ton influence de journaliste. Je t'en prie.

Iossip récupérait une jeune fille dont il était éperdument amoureux et un métier – le sien – qu'il pensait ne jamais exercer tant qu'il habiterait à C…

Ascore agissait comme un automate détraqué. Un gouffre s'ouvrait sous lui. Une chute vertigineuse, que rien ne ralentissait. La voix anonyme était d'une implacable dureté.

Au tennis, Fred Ascore fut lamentable. Malgré le talent du moniteur, Ascore dilapida dans le filet ou sur les courts voisins un chariot entier de balles, puis rompit la partie d'une flèche définitive :

– Apprenez votre boulot, mon vieux ! Lorsque ce sera fait, nous poursuivrons nos leçons !

Il traversa le bar en aveugle.

– Une p'tite anglaise bien fraîche ? invita Lequimpois qui cherchait une excuse pour rester au club.

Fred Ascore bouscula deux chaises, piétina le cocker de Lagorce et quitta la pièce sans répondre. L'air glacé le revigora un peu. Cependant, la Porsche était une cage insupportable. Malgré le froid vif, il roula à cinquante kilomètres à l'heure, vitres ouvertes. Il tentait de réfléchir, s'affolait, perdait pied et le gouffre à nouveau béait sous lui.

Qui était au courant d'une histoire ancienne qu'il pensait définitivement effacée ? C'était insensé ! Gina et son fils vivaient en Sicile ! Depuis six ans, il n'avait aucune nouvelle et ce silence lui avait d'ailleurs coûté une fortune. Si Marion apprenait… Il n'allait quand même pas tout perdre à cause d'une bêtise qu'il regrettait amèrement ! C'était comme si l'univers basculait. Deux heures auparavant, il débordait d'optimisme, le monde lui appartenait et, subitement, un trait noir barrait l'horizon.

L'usine, la maison, la Porsche, tout était à Marion. Même les balles de tennis qu'il utilisait ! Il ne possédait rien. La crainte qui, sur les départementales, écartait les autres automobiles, la déférence que lui témoignaient ses concitoyens, appartenaient aussi à Marion. Lui n'était riche que de dettes, des milliers d'euros perdus au cours de rageuses parties de poker. Or, d'ici deux semaines, il devait honorer plusieurs reconnaissances de dettes contractées auprès de compagnons de jeu. L'idée même de l'échéance l'affolait si fort qu'il ralentit encore. Sur le volant, ses mains tremblaient. Il était comme ivre.

La Porsche vira devant le large escalier de pierre qui s'appuyait à la façade prétentieuse du manoir. Elle pila brutalement, déchirant l'allée caillouteuse. La maison semblait déserte.

– Marion ?

Le hall immense répercuta un écho de bon augure. Fred Ascore se précipita dans le salon et découvrit, au centre d'un guéridon de marqueterie, le mot qu'il espérait :

Je rentrerai très tard. Bonne nuit. Marion.

Le style n'était jamais plus chaleureux. Pourtant ce soir-là Ascore apprécia la teneur du message et le « bonne nuit » lui sembla une marque de tendresse. Il serait seul. Seul face au maître chanteur. Enfin un signe encourageant !

Il voulait se persuader qu'il s'agissait d'un maître chanteur. Il le fallait. Quelques milliers d'euros et la vie reprendrait. Fred Ascore s'installa dans son bureau. Une pièce au décor baroque, avec, au centre, une table de chêne massif submergée de dossiers. Sur le côté droit, le téléphone d'une couleur orange agressive. Ascore s'enfouit la tête entre les mains comme s'il refusait la confrontation avec le réel. Le gouffre l'aspira aussitôt.

Huit heures moins deux. Une lame affûtée raclait chacun de ses nerfs. Fred Ascore fixait la trotteuse de sa montre qui galopait à la rencontre de l'heure fatidique. Lorsque la sonnerie du téléphone tinta, il considéra l'appareil, comme hypnotisé.

La voix était rauque, essoufflée, vibrante d'une excitation contenue.

– Il y a six ans, vous avez eu un enfant d'une de vos jeunes employées, Gina Zanini. Il se prénomme Ricardo, vous ressemble beaucoup. Est-ce exact, mon cher Frédo ?

– Qui êtes-vous ? balbutia Fred Ascore.

– Par peur du scandale, vous avez expédié Gina et son fils – votre fils – en Sicile, le pays d'origine de votre maîtresse. Vous avez acheté son silence, fort cher, je l'admets.

– Qui raconte de telles stupidités ? s'affola Ascore. Tout est faux, archifaux, des racontars d'envieux qui cherchent à me nuire !

Il hurlait dans le téléphone.

– Suffit ! Vous ne changez guère, mon cher Frédo : comme par le passé, vous refusez de reconnaître vos fautes, alors je vous conseille de la fermer et de m'écouter !

La politesse affectée faisait place à la haine. Malgré la violence hystérique du ton, l'individu se contrôlait et masquait sa véritable voix.

– J'ai rassemblé un accablant faisceau de preuves, ce qui m'a demandé temps et argent. Beaucoup d'argent. Gina raconte sa lamentable histoire sur une cassette. Chaque épisode de vos rencontres secrètes, chaque promesse sordide, chaque euro versé. Elle a signé des aveux, les photos de Ricardo figurent dans le dossier. Marion recevra l'ensemble demain matin.

Ascore était une loque. Il se savait vaincu, irrémédiablement vaincu car la haine de l'individu était absolue. Il murmura par pur réflexe :

– Combien désirez-vous ?

Il y eut un tel silence qu'Ascore retint sa respiration. Un espoir ténu refit surface. L'homme réfléchissait. Cherchait un nombre. Puis Ascore entendit une sorte de couinement qui ressemblait à un rire.

– Pas un centime, mon cher Frédo. Ainsi que je m'évertue à vous le dire, Marion recevra le dossier.

– Vous savez qu'elle me quittera, n'est-ce pas ? Que ma vie est fichue ? Je perds tout…

– Je sais tout cela. Je sais aussi qu'en janvier, il vous faut rembourser plusieurs milliers d'euros. Cependant, je le répète, Marion recevra le dossier. Le scandale éclaboussera la ville et la région.

Le téléphone glissa des mains d'Ascore. Il n'eut pas la volonté de le saisir. Maintenir le combiné près de son visage était au-dessus de ses forces. Il se pencha vers l'écouteur tombé sur une chemise de carton bulle intitulée :

Groupe A.M.A.
Bénéfices de l'année en cours. Prévisions.

– Qui êtes-vous ? Pourquoi faites-vous ça ?
– Titus ! Souviens-toi de Titus !
Ascore devint blafard.

– C'est vous qui avez assassiné Talard ?... Pourquoi ? Je ne vous connais pas... vous êtes fou, c'est cela, vous êtes sûrement fou à lier...

Le couinement se répéta, effrayant tant il traduisait de joie méchante.

– Demain, mon cher Frédo... n'oubliez pas, demain matin Marion apprendra votre inqualifiable conduite. Profitez au maximum de vos dernières heures de P.-D.G. des usines A.M.A. !

La voix se tut. Fred Ascore entendit la tonalité lancinante d'une ligne téléphonique libérée.

La douleur martelait les tempes comme si un poing frappait des coups répétés. La peau – sa peau – paraissait se rétracter. Chaque point de suture, dissimulé sous les cheveux, picotait son crâne d'aiguillons lancinants.

Il tentait de s'appliquer malgré la souffrance. Cette fois, la migraine était due à l'excitation et cette excitation-là le ravissait. Il formait les lettres les unes après les autres, tranquillement, en gros caractères noirs, genre script. Il s'arrêta, lissa pensivement le coin gauche de l'enveloppe, écorné, puis reprit son travail d'écriture sur le carré de bristol. Le feutre bava, le e d'Ascore s'orna d'un ventre disgracieux. Agacé, il plissa les lèvres, parcourut le texte des yeux et glissa néanmoins le carton dans l'enveloppe.

Si vous m'en croyez…
Cueillez, cueillez votre jeunesse.

Les vers, dits sur des tons différents, comme s'il cherchait la meilleure modulation, n'étaient qu'un murmure. Il cacheta le pli, l'inspecta méticuleusement puis haussa les épaules et fourra sans ménagement le rectangle de papier beige dans la poche intérieure de sa veste.

Cette nuit, il déposerait le courrier dans la boîte aux lettres d'Ascore. Un peu avant minuit. Il avait le temps. Lorsque Marion dînait à l'extérieur, elle rentrait rarement avant l'aube.

La seconde lettre s'avérait plus délicate. Il éteignit une des lampes de la pièce, ne conservant que la lumière rase d'un projecteur d'angle. Depuis quelque temps, il haïssait la lumière. Il dégagea trois comprimés de Retidron de leur plaquette, en avala deux à l'aide d'un grand verre d'eau. Lorsqu'il voulut absorber le troisième, il ne put le trouver. Il balaya la table de grands revers de main irrités. En vain. Sa fureur croissait, bien qu'il la sût disproportionnée au regard de la perte du médicament. Il s'efforça au calme, reprit une respiration lente et surtout, apaisa le tremblement des mains. Il devait faire attention. Très attention.

Cher monsieur Martin,

La déformation de l'écriture était insuffisante. Il s'appliqua davantage.

Le métier de journaliste exige un minimum de curiosité. Je ne doute donc pas qu'à la réception de cette lettre, vous vous précipiterez au manoir de Beauregard. Vous y apprendrez le décès de M. Fred Ascore.
Votre curiosité vous conduira jusqu'à la boîte aux lettres. J'ai déposé un court message adressé à ce pauvre Ascore. Je crains, hélas, qu'il ne soit pas en état d'en goûter la beauté. Par contre, il me semble qu'il excitera votre sagacité.
À bientôt.

Iossip Martin habitait un immeuble minable au centre de C... Déposer la lettre dans la boîte demanderait quelques précautions, mais il suffirait d'être patient.

Patient, il l'était. Dénicher Gina en Sicile n'avait pas été facile. Elle dépensait l'argent du silence près de Palerme, dans un minuscule village de pêcheurs. Heureusement, au cours des longues parties de poker qui l'opposaient à ses amis fortunés, cet imbécile d'Ascore buvait trop. Et il ne supportait pas l'alcool. Il suffisait d'ouvrir les oreilles, de solliciter les confidences.

Il se leva, bâilla bruyamment, s'étira. On aurait dit un vautour, avant l'envol. Tout juste vingt-trois heures. Il attendrait encore un peu.

Il prit *Madame Bovary,* ouvrit le livre au hasard, et, malgré la pénombre, déchiffra quelques lignes à voix basse. Il allait et venait dans la pièce, suivant un trajet mille fois répété qui lui faisait éviter les obstacles. Sa lecture n'offrit pas l'habituel apaisement.

Il songeait à Ascore. Que faisait-il maintenant ?

Quant à lui, il ne regrettait pas l'argent dépensé. L'enquête afin de découvrir les traces de Gina. Les nombreux voyages en Sicile. Les sommes importantes que Gina avait exigées. Peu importait. Il était riche.

Il eut un ricanement sardonique en se remémorant les quinze années vécues en Afrique, après son éviction de C... *Import-Export,* annonçait sa carte de visite ! Trafics en tout genre, particulièrement d'ivoire, était la réalité. Il avait fréquenté des crapules d'à peu près tous les pays du monde, usé de faux papiers, accumulé une colossale fortune et, lorsqu'il avait décidé que le temps était venu, avait faussé compagnie à ces escrocs encombrants.

Il voulut reprendre sa lecture. Seule la littérature soulageait complètement ses migraines. La littérature était une médication autrement plus puissante que la pharmacie. Il concentra son attention sur le texte de Flaubert.

Elle se mit à geindre, faiblement, d'abord. Un grand frisson lui secouait les épaules, et elle devenait plus pâle que le drap où s'enfonçaient ses doigts crispés. Son pouls inégal était presque insensible maintenant...

Quel maître exceptionnel était Flaubert ! Vingt-cinq ans auparavant, ils osaient même rire de Flaubert ! Il savourait la phrase, mot par mot.

Son pouls inégal était presque insensible maintenant.

Il consulta sa montre. Parfait. *Maintenant le pouls de Fred Ascore était presque insensible.*

Il n'avait pas le choix. Ou plutôt, l'inflexible Marion ne lui offrait que cette sorte de choix-là. Jamais ce cher Frédo n'accepterait de vivre pauvrement, livré à la risée publique, alors que des années durant il avait régné sur des milliers d'habitants respectueux.

Il décrocha son manteau de laine noire suspendu à la clé de porte d'une ancienne armoire franc-comtoise. Distribuer les lettres prendrait une partie de la nuit et le brouillard glacé qui, depuis des semaines, investissait C..., provoquait d'interminables rhumes.

Il avait encore trop à faire pour s'offrir le luxe d'une maladie.

*Et il ne pouvait que répéter ce mot :
empoisonnée, empoisonnée.*

Iossip Martin courait. Encore cinq cents mètres d'un bitume huileux ou d'un trottoir parsemé de crottes de chien et il quitterait le survêtement, les deux pulls et le K-Way qui l'engonçaient. Il avait l'impression de baigner dans sa transpiration. Il goûtait l'enfer du sportif amateur qui pratique une discipline par hygiène physique.

Iossip accomplissait de telles prouesses pour Coline. Depuis qu'elle squattait son appartement, il mourait de honte à la pensée du mince bourrelet qui ourlait sa taille. Les footings acharnés réduisaient son embonpoint, mais il devenait d'une humeur massacrante. Coline était belle, belle et simple. Installée dans le deux-pièces, elle avait finalement dressé un lit de camp et, tout naturellement, organisait les journées comme s'ils étaient un couple fixé là depuis dix ans !

Iossip Martin se gardait de la moindre remarque ambiguë, trop effrayé à l'idée que le mirage se dissiperait.

Il soufflait. S'appliquait à maintenir un rythme de respiration régulier. Maudissait les repas bâclés, pris dans des restaurants bon marché, qui le conduisaient là. Il renversa une poubelle, bouscula sa bouchère chargée d'un lourd couffin (« Oh ! Monsieur P'tiot Slip ! ») et s'affala contre la porte d'entrée de son immeuble. Cinq étages sans ascenseur réduiraient un moral déjà bien atteint, mais là-haut l'attendait Coline. Depuis la mort de Talard, elle refusait de pénétrer dans la « Grande Maison » comme elle nommait la bâtisse, maintenant désertée, que possédait son père. Miss Barlin servait d'intermédiaire, un notaire avait pour mission de liquider la succession. Seuls les papiers – une malle pleine – étaient entreposés dans le garage de Iossip. Coline n'ouvrait pas le coffre. Chaque objet, aussi minime soit-il, rappelait un passé douloureux. Elle préférait oublier, mais la ferme volonté de demeurer à C... jusqu'à l'arrestation de l'assassin allumait au fond de ses yeux verts une lueur de haine implacable.

Puis le suicide de Fred Ascore était survenu... Au cinquième étage de son immeuble, Iossip Martin, qui avait perdu quarante grammes supplémentaires, pensait pourtant peser une tonne. À travers la porte, il entendit le cliquetis de la machine à écrire. Coline tapait un de ses articles pour le *Courrier Bourguignon : Le banquet des Sapeurs Pompiers.* Ou *Monsieur le Conseiller Général remet un chèque de 1 000 euros au club de tennis.* Cela aussi, elle l'avait décidé et imposé, une façon franche de dédommager son hôte. Iossip avait oublié sa clé. Il écrasa la sonnette. On eût dit qu'il accomplissait là le dernier acte de sa vie. La porte s'ouvrit brusquement et il faillit s'affaler dans les bras de Lequimpois.

– Ah, enfin ! Depuis une demi-heure, je poireaute dans l'attente de l'athlète !

– Un Coca, râla Iossip, par pitié, servez-moi un wagon-citerne de Coca !

– Pas question ! trancha Coline. Perdre cinq cents grammes dans un footing et prendre un kilo ensuite est stupide !

Iossip haletait. Il se laissa glisser dans le fauteuil que le commissaire venait de quitter.

– Dans ce cas, les derniers sacrements, geignit-il.

– Très drôle, admit Lequimpois, mais je ne gravis pas cinq étages dans le but d'écouter des plaisanteries minables. D'autant plus que depuis quarante-huit heures, mes zygomatiques déclarent forfait. Je n'aimais guère Ascore, même s'il m'invitait à sa table, mais je le connaissais depuis vingt-cinq ans !

Iossip coula un regard en direction de Coline. Elle esquissa une moue comique indiquant que Lequimpois était de mauvais poil.

– Commissaire, j'ai raconté dix fois mon histoire ! Qu'espérez-vous d'autre ? Lisez le *Courrier Bourguignon*, mon article est la réplique exacte de mon témoignage.

Lequimpois, véritable colosse doté d'une musculature impressionnante, se rongeait les ongles. Il crachota une parcelle de déchet, déposa sans se gêner son volumineux fessier sur la minuscule table de verre.

– Oh, non ! protesta Coline. S'il vous plaît, prenez un fauteuil !

Lequimpois fixa la jeune fille d'un air soupçonneux et marmonna :

– Évidemment, vous n'auriez pas une petite bière anglaise ? Ce serait trop exiger du destin…

Il oublia le souhait de Coline et tira de la poche de son pantalon une sorte d'agenda cabossé. Il en lustra les pages de ses doigts semblables à des havanes.

– J'écoute, P'tiot Slip.

Le surnom n'avait rien de désobligeant. Les deux hommes se connaissaient et s'appréciaient depuis longtemps. Lorsqu'ils abordaient leur travail respectif, ils employaient parfois les appellations colorées de leurs concitoyens.

Ainsi Iossip, qui discernait en Lequimpois une fraternité de nonchalance, utilisait de temps à autre le surnom du commissaire, Bazooka.

– Allez, j'écoute ! s'impatienta Lequimpois. Le moment de payer vos dettes est venu.

– Mes dettes ?

– Parfaitement ! Les renseignements que vous glanez au commissariat... en avant-première, si je puis dire !

Iossip éclata d'un rire bruyant.

– Vous en avez de bonnes, commissaire ! Des soiffards, quelques tapages nocturnes, au mieux deux ou trois vols à la roulotte ! Jusqu'à ces derniers temps, il ne se produisait pas grand-chose dans notre ville.

Le visage de Lequimpois se fendit d'un large sourire reconnaissant. Le calme de C... était une satisfaction dont il ne se lassait jamais d'entendre les échos.

– Sans doute, admit-il, toutefois mes supérieurs m'ont dans le collimateur et j'ai intérêt à bouger mes fesses si je désire terminer ma carrière à C... La police judiciaire de Dijon dirige l'enquête, tant mieux d'ailleurs. Bien entendu, ces messieurs se prennent pour des Sherlock Holmes et me considèrent comme un flic de village ! Si je leur apporte un ou deux os à ronger, ils me ficheront la paix.

Iossip soupira.

— Bon, d'accord ! Hier matin, donc, vers sept heures trente, huit heures, une voix anonyme au téléphone me conseille d'ouvrir ma boîte aux lettres. Ce que je fais. S'y trouvait une enveloppe contenant un message que la police détient maintenant.

— Ensuite… ensuite ! piaffa Lequimpois.

— Du calme, Bazooka, du calme ! Coline… il me semble qu'une bière apaiserait le commissaire…

Le crépitement de la machine à écrire accéléra son rythme.

— Bon, bon, tant pis, admit Iossip dépité. Je me suis donc rendu au manoir de Beauregard, mais beaucoup plus tard, entre neuf et dix heures. Je ne me pressais pas, convaincu qu'il s'agissait d'une sinistre plaisanterie d'un de ces corbeaux qui finissent en prison ou à l'asile psychiatrique. Malgré tout, la teneur de la lettre m'inquiétait.

— Pourquoi ?

— En raison du meurtre récent de Laurent Talard.

— Alors ?

— Alors, je suis arrivé au manoir sans trop savoir comment j'expliquerais ma démarche. Mes craintes étaient inutiles. Une ambulance stationnait devant l'escalier ; les infirmiers évacuaient la dépouille d'Ascore. Mme Ascore, complètement désemparée, ne m'a pas adressé la parole, mais Élodie, la femme de ménage, m'a appris le suicide de son patron.

Lequimpois écrivait peu. Il écoutait avec avidité, espérant découvrir enfin un nouvel indice dans le témoignage maintes fois répété.

– Je me suis éclipsé, termina Iossip, et c'est au dernier moment que je me suis décidé à suivre le conseil du corbeau. Comprenez-moi : fouiller la boîte aux lettres avait quelque chose d'indécent. J'ai immédiatement reconnu l'écriture sur l'enveloppe qui s'y trouvait. Elle contenait l'absurde message :

Si vous m'en croyez…
Cueillez, cueillez votre jeunesse.

Soudain, la pièce s'emplit d'un étrange silence qui redisait à l'infini la teneur du message. Coline ne travaillait plus, elle observait les deux hommes, immobiles, bouche bée, comme s'ils découvraient pour la première fois la monstruosité du récit. Lequimpois balayait l'air de grands coups de patte. Il fallait se tenir à l'écart de ses battoirs qui ponctuaient les phrases.

– Bon Dieu, comment ce foutu dingue a-t-il appris que Fred Ascore s'était suicidé ? Parce qu'il s'est suicidé, la P.J. se montre formelle ! Or, la veille du drame, sa femme Marion décrit son mari comme un homme en excellente forme. Au club de tennis il m'a paru vaguement bizarre, mais pas au point de…

– Je ne crois pas à un fou, intervint posément Coline, du moins pas à un fou tel que vous l'imaginez.

Iossip Martin et Jérôme Lequimpois examinaient la jeune fille qui leur tournait le dos. Elle s'affairait près d'un évier d'émail bleu qui enlaidissait la pièce. Le rideau, qui cloisonnait les lieux en temps ordinaire, avait été enlevé. Les deux hommes ne parlaient pas. Chacun suivait les méandres de sa pensée. Ils ruminaient aussi la remarque de la jeune fille. Oui, il fallait bien admettre que la violence qui s'abattait sur C... était autre chose qu'un dérapage du destin. En outre, leurs préoccupations personnelles brouillaient la sérénité de leur jugement.

Bazooka redoutait un changement d'affectation qui anéantirait la douce tranquillité de son existence. Iossip s'alarmait d'un possible départ de Coline. Quant à Coline, elle ne songeait qu'à l'arrestation du meurtrier de son père, le «Fou aux Citations», comme l'écrivait le *Courrier Bourguignon*. Et C... adoptait l'appellation.

Coline essuya ses mains humides sur ses fesses. Lorsqu'elle se retourna, elle capta le regard appuyé des deux hommes. Elle rougit. Ils rougirent. Mais très vite, son idée fixe la reprit.

– Non, il ne s'agit pas d'un déséquilibré opérant au hasard, répéta-t-elle. L'enquête souligne plusieurs faits troublants. Deux citations littéraires écrites sur des bristols identiques à destination de deux hommes qui se fréquentaient et qui étaient des personnalités de C... Monsieur le commissaire, de telles coïncidences indiquent un plan délibéré, une sorte de traquenard qui me glace et...

– Du calme, mademoiselle Talard ! coupa Lequimpois. Je comprends votre impatience. Toutefois je vous rappelle qu'UN SEUL meurtre a été commis. La seconde carte déposée chez Fred Ascore correspond au jeu macabre d'un corbeau... sans doute non répréhensible pénalement ! Personne n'a tué Ascore, ne l'oubliez pas, mademoiselle Talard.

– Peut-être. Cependant, le meurtrier connaît les faits et gestes des habitants de C... Du moins de trois d'entre eux : Talard, Ascore et moi, intervint Iossip. Et il tente de donner un maximum de retentissement à ses actes en utilisant le *Courrier Bourguignon*.

– Là, il fait chou blanc ! ironisa Lequimpois. La rareté des articles, la sécheresse des développements étonnent les lecteurs !

Le visage de Iossip se décolora.

– Oh, Bazooka, doucement ! J'écrirais volontiers des pages entières dans ce foutu torchon, mais qui ordonne la conspiration du silence ? Vous, les flics ! Et vos amis, les gens IM-POR-TANTS de C… qui estiment que le « Fou aux Citations » ternit la réputation de la ville et qui téléphonent chaque jour à Lénorde afin que le *Courrier Bourguignon* ne fasse pas de vagues ! Vous savez parfaitement que Lénorde est comme cul et chemise avec les notables !

Une fureur querelleuse le gagnait. Qu'on mette en doute ses capacités de journaliste le faisait sortir de ses gonds. Oui, il tenait la rubrique des chiens écrasés au *Courrier Bourguignon,* mais il n'était pas responsable de l'information aseptisée d'une ville aseptisée !

– Bon, bon, P'tiot Slip, imaginez que je n'aie rien dit, temporisa Lequimpois. Cependant, je m'accrocherai à vous comme la moule à son rocher. Dans les deux cas – Talard et Ascore – vous avez été le premier témoin. Une coïncidence qui ne peut être innocente.

Le commissaire se leva. Soudain, il ne sut plus que faire de ses mains. Elles pendaient, inutiles. Il les regarda, haussa les épaules et les fourra dans ses poches.

– Quelle histoire de fou ! murmura-t-il.

Iossip ne bougeait pas. Bien installé au fond d'un fauteuil, il manipulait pensivement un cendrier vide. Ses lèvres remuaient.

– Que dis-tu ? demanda Coline.

– Titus…

– Quoi, Titus ?

– Titus… Depuis des jours et des jours, ce nom me trotte dans la tête. J'ai lu ce nom quelque part.

– Ouais, ouais, moi aussi je m'en souviens maintenant, ricana le commissaire Lequimpois. *Bérénice*, Acte IV, scène IV ! Et *Cueillez, cueillez votre jeunesse :* Ronsard ! Au S.R.P.J., pour découvrir ça, ils ont potassé leur littérature française comme des malades, alors qu'un môme de troisième donnait l'information en cinq minutes.

– Non, pas ce Titus-là, répliqua Iossip.

Il pinça les lèvres, à la recherche d'un souvenir qui fuyait.

– *Bérénice* n'est pas ma lecture favorite, poursuivit-il. Je suis certain que le nom de Titus me rappelle un fait sans rapport avec Racine, mais quoi ?

Coline s'était approchée du fauteuil de Iossip. Elle prit place sur l'accoudoir, effleura l'épaule du jeune homme. Iossip respirait à peine.

– Ce nom me trotte aussi par la tête… Il me semble que lorsque j'étais enfant, j'ai entendu mon père le prononcer… à moins que je confonde… Oh, je ne sais plus…

Jérôme Lequimpois était déprimé. Il n'avait recueilli aucun indice. S'annonçaient des jours sombres au cours desquels sa vie tranquille volerait en éclats. Il ouvrit la porte de l'appartement, lança, le dos tourné :

– Quand vous découvrirez qui se cache derrière Titus, téléphonez-moi.

L'amertume l'emportait sur l'ironie. Il claqua violemment la porte. Un cadre se décrocha du mur. Le verre éclata au contact du sol, fusa comme de la mitraille sur le parquet ciré. Ni Coline, ni Iossip ne bougèrent. Leurs souffles retenus se conjuguaient en un même rythme lent alors qu'au contraire leurs cœurs battaient de façon anarchique.

Le temps était suspendu. Durant quelques secondes, leur attente réciproque d'un événement fut presque tangible. Leur attente DE L'ÉVÉNEMENT !

« Imbécile, embrasse-la, dis ou fais quelque chose » se sermonna Iossip.

Sa langue adhérait au palais. Ses mains cramponnaient ses genoux.

Puis Coline effaça la magie de l'instant.

– Pourquoi n'as-tu pas parlé du comprimé ?

– Quoi… quel comprimé ? bredouilla Iossip, infiniment désespéré.

– Le comprimé de Retidron que contenait l'enveloppe du corbeau.

Iossip ne répondit pas. Il sortit de sa poche la boîte à pilules qui renfermait le comprimé et lut comme une incantation la minuscule inscription gravée dans le médicament.

– Retidron... Retidron... Si je pouvais découvrir l'assassin de ton père, quel article dans le *Courrier Bourguignon* !

Sa voix trahissait une folle espérance. Il referma la boîte à pilules d'un geste rageur.

Ils verraient... oui, ils verraient de quoi est capable P'tiot Slip.

Bazooka ne supportait plus l'arrogance des policiers du S.R.P.J. Deux marioles prétentieux bardés de diplômes et de certitudes, qui avaient aussitôt dépossédé Lequimpois de son magnifique bureau. Ils s'y vautraient, goguenards, échafaudant des hypothèses que le commissaire se devait de considérer comme brillantes. À peine s'ils se retenaient de prononcer le mot de « plouc », mais les regards et les phrases ambiguës disaient clairement en quelle estime ils tenaient l'ensemble du commissariat de C...

– Un minable déglingué du cerveau qui se veut justicier d'une cause connue de lui seul, avait décrété le dénommé Sortelet, inspecteur de première classe. En moins d'un mois nous pincerons ce type, car il accumulera les imprudences grossières.

– Ici, à la campagne, vous n'avez pas l'habitude de ce genre d'énergumène, avait poursuivi son acolyte, mais à Dijon, nous connaissons la musique.

Ils avaient échangé un regard ironique et Sortelet, repoussant Lequimpois hors de son propre bureau, avait conclu, condescendant :

– Bien sûr, à C…, les vols à l'étalage ou les bagarres à la sortie des bals sont monnaie plus courante.

Du coup, Bazooka se morfondait dans un triste réduit meublé d'un classeur métallique gris, d'un bureau métallique gris, et d'un fauteuil prétentieux, genre design, d'un violet agressif. Pour téléphoner, il devait passer dans la pièce voisine ! La rencontre avec Iossip Martin n'ayant donné aucun résultat, son enquête personnelle piétinait. Il se perdait en conjectures stériles, puis, dégoûté, tentait d'expédier les affaires courantes. Se concentrer était difficile. Ainsi, depuis une bonne heure, il étudiait un mince dossier intitulé :

Fermeture du bar Nuit de Chine
Éléments d'enquête : suspicion de vols, recel.

Tout compte fait, les merdeux de la P.J. n'avaient pas tort. Il ne traitait que des affaires dépourvues d'envergure ! Et, en cette fin d'année qui s'annonçait paisible, une malheureuse succession de coups de théâtre. Un assassinat.

Un suicide. Un dingue paranoïaque en liberté. Lequimpois repoussa le dossier *Nuit de Chine*. La barbe ! Il songeait à Talard et Ascore. Deux camarades d'école. La mort de Talard le consternait. Un ami fidèle, un maire compétent.

– Mon p'tit gars, laisse pas échapper la fille, murmura-t-il dans le silence du sinistre cagibi.

Il pensait à Iossip. Les yeux enamourés du journaliste, sa soudaine stupidité lorsque la jeune fille l'approchait d'un peu près, enfin son goût inattendu du sport indiquaient assez les sentiments du jeune homme.

Ascore. Le suicide du P.-D.G. de la société A.M.A. demeurait une énigme. Comment intégrer le corbeau dans ce drame ? Même les super-boys du S.R.P.J. ânonnaient des âneries lorsqu'ils évoquaient le problème.

Un léger mal de tête embruma le front du commissaire. Cette agitation l'excédait. Plus il réfléchissait, plus un malaise diffus gagnait toute sa personne. Pour la première fois, il établissait un bilan de sa vie professionnelle. Avait-il eu raison de se complaire dans une certaine médiocrité ? De quel poids celle-ci avait-elle pesé dans le départ de sa femme Myriam ? Elle avait disparu, un beau matin, sans un seul mot d'explication. Elle haïssait C..., rêvait d'un ailleurs, du moins Bazooka le pensait-il maintenant... maintenant qu'il était trop tard.

Il prit une feuille blanche dans le classeur métallique, traça quatre colonnes, écrivit :

DÉCÉDÉS, COMMENT, MESSAGES DU CORBEAU, POINTS COMMUNS.

Il considéra la page. Les colonnes vides étaient dérisoires. Il était un flic dérisoire. Rien, il n'avait strictement rien à écrire, sinon les informations ordinaires qu'il ruminait sans cesse ! La dernière phrase prononcée par Myriam lui revint en mémoire. Ils étaient couchés, il dormait de son premier sommeil et l'absurdité de la phrase l'avait mis de mauvaise humeur.

– Les Égyptiens adoraient le soleil. Le dieu Râ. Le lendemain, un 25 décembre, elle le quittait. Jérôme Lequimpois s'ébroua.

– Je file un mauvais coton, s'exclama-t-il, très fort. Bon Dieu, qu'est-ce qui me prend ? Sors t'offrir une bière, mon p'tit gars, sinon t'es cuit !

Sans doute était-ce un jour de guigne. La porte s'ouvrit, livrant passage au planton de service.

– Le courrier, chef, jeta l'homme mécaniquement.

Il balança sur le bureau un paquet d'enveloppes qui s'éparpillèrent et tourna les talons sans plus de manière. Immédiatement, Jérôme Lequimpois repéra la lettre. L'écriture. Les lettres rondes, au dessin étudié. Les mains de Bazooka tremblèrent. Il mit l'enveloppe en charpie.

Elle contenait un rectangle de bristol beige.

Toujours le même. Sur le carton, le corbeau avait inscrit :

Qui se souvient d'Alexandrine
Morte il y a vingt ans ?

Ne cherchez pas, vous êtes trop inculte.
Il s'agit d'une citation de Stendhal.
Ma vengeance suit son cours. À bientôt…

Luc Bidart arborait une quarantaine épanouie. Il estimait que la vie se présentait sous la forme d'un énorme bouquet de roses dont il suffisait de cueillir inlassablement les fleurs, une à une, ou, selon les circonstances, par brassées entières. En ce jour de janvier il descendait tranquillement la rue Hoche, saluant au passage les rares promeneurs qui se hâtaient de regagner leur domicile. Il faisait nuit, le brouillard, mi-brume glacée, mi-vapeur ouatée, submergeait la ville. Comme d'habitude. Luc Bidart aimait le brouillard autant que le soleil, la nuit autant que le jour. Il aimait la vie.

– Bonsoir, monsieur le conseiller général, ça va-t-y ?

– Bonsoir, madame Boulaigre.

La vieille dame dévida son éternel laïus. Les douleurs. La pension insuffisante. La peur des voyous, terme vague qui englobait l'univers entier. Et dans la rue, éclairée des chiches lueurs des lampadaires publics, Luc Bidart souriait.

Encourageait. Promettait. C'était ce genre de patience qui construisait sa popularité. La ville entière appréciait l'homme affable, l'élu capable de régler les situations épineuses, enfin, le notable qui n'hésitait pas à puiser dans sa propre bourse lorsque l'urgence l'exigeait.

C... adorait Luc Bidart. Bientôt, il serait député. Il en était persuadé. Au meeting, ce soir, il y aurait du monde. Que des amis. Luc abandonna la vieille dame après la promesse d'une aide ménagère. Il poursuivit sa marche, le sourire aux lèvres. L'humidité glaciale pénétrait sous l'épais manteau de cuir que tendait l'énorme ventre du conseiller général. Il frissonna. Dieu merci, il était arrivé. Il poussa la porte de la pharmacie.

– Bonsoir François. Bonne journée ?

– Excellente, monsieur Bidart. Je vous communique les chiffres d'ici dix minutes, le temps de terminer les comptes.

– Non, ce soir je n'ai pas le temps d'attendre, je me rends à la salle des fêtes.

– Mais le meeting est à vingt et une heures ?

– Oui. Je vérifie la qualité de l'installation. Une salle, il faut la sentir lorsqu'elle est encore vide. Sinon, au dernier moment, l'orateur peut être pris au piège par ce corps étranger, insensible, lui, aux arguments électoraux ! Mon petit François, je vous expliquerai cela lorsque vous vous lancerez dans la politique !

François Grimal eut une grimace ironique.

– Allons donc ! Chacun sait qu'ici vous êtes indéboulonnable.

Luc Bidart gloussa et caressa le comptoir de sapin clair.

– Touchons du bois ! En attendant, je meurs de faim et ce qui m'horripile dans les campagnes électorales, c'est d'attendre minuit pour dîner. Ah, au fait, soyez gentil de prévenir Mme Darlo que ce soir je ne passerai pas à la pharmacie de la rue Thiers. Je file à la salle des fêtes.

Luc Bidart regagna la rue, plus épanoui que jamais. Ses deux pharmacies gagnaient de l'or sans qu'il se donne beaucoup de peine. Il serait député avant un mois. Une rose supplémentaire à prélever dans le bouquet qui en offrait tant.

La rue s'était vidée. Les magasins fermaient, les vitrines s'éteignaient. Le brouillard très dense ne laissait plus entrevoir que des ombres. Les pas du conseiller général ne faisaient aucun bruit, comme absorbés par la nuit humide. Il songea qu'il devrait téléphoner à Laure. Son absence lui pesait. Il aimait sa femme avec la même passion qu'au premier jour de leur mariage. Elle dorlotait son corps de brune mince, soucieuse à l'excès de sa ligne, dans une cure de thalassothérapie en Bretagne. Là était l'unique ombre qui ternissait l'optimisme de Luc Bidart. Il jouissait de chaque plaisir de l'existence mais était plus particulièrement amateur de bons repas ! La fringale le tenaillait sans cesse. Il n'y pouvait rien : son mètre quatre-vingt-dix, ses cent dix kilos réclamaient toujours davantage. Impossible de lutter, de réfréner si peu que ce soit ce penchant délirant. Luc Bidart aurait tué père et mère pour un véritable caviar glacé, escaladé l'Anapurna à genoux en échange de blinis truffés.

L'évocation de nourritures délicates le fit saliver. C'était bien le moment, alors qu'il ne dînerait qu'après minuit !

La salle des fêtes, pimpant bâtiment construit grâce aux subventions qu'il avait su obtenir, se dressait à près d'un kilomètre du centre-ville. Il devait traverser des quartiers aux ruelles étroites, longer la Tille, une rivière dolente qui sécrétait l'éternel brouillard recouvrant C… Le silence moite troublait le conseiller général.

– J'aurais dû prendre la voiture, pensa-t-il.

Des chats miaulaient leurs amours. Les cris rauques paraissaient provenir de la rivière, tels de fantomatiques appels au secours. Luc Bidart frémit. Le froid n'était pas en cause. Il accéléra le pas, mais malgré lui, la mort de Talard et d'Ascore revint à sa mémoire. Le souvenir funèbre accentua le malaise qu'il ressentait depuis quelques minutes. Bidart refoula les sombres images. En vain. Elles réinvestissaient son cerveau, prenaient même davantage d'acuité.

Décidément, à C…, on mourait beaucoup ces derniers temps. Talard. Ascore. Puis Latieu, le député, mort de vieillesse il est vrai et qui, bien malgré lui, offrait ainsi sa succession au conseiller général. Talard. Ascore. Deux camarades d'enfance et d'école. Talard, un homme sympathique mais malheureux depuis qu'il s'était brouillé avec sa fille. Ascore, c'était autre chose. L'argent était monté à la tête du P.-D.G. du groupe A.M.A. Il méprisait par trop les autres, ne s'intéressant qu'à ce qu'il pouvait tirer d'eux. Mais au lycée, quel énergumène ! Les fous rires qu'il déclenchait en un clin d'œil ! D'une imagination intarissable, il extirpait des scénarios bouffons qui faisaient la joie des élèves.

Luc Bidart émit un léger rire qui, dans la nuit, résonna comme un grincement de porte. Il songeait à la sirène dont Fred Ascore avait bloqué le mécanisme et qui avait rugi une demi-heure durant, au-dessus du toit du lycée, ameutant pompiers, policiers et le conseil municipal entier. Maintenant, il était mort. Suicide. Talard assassiné. Un fou narguait les autorités. Quelle époque !

Le conseiller général s'arrêta. Le souffle. Il respirait bruyamment. Ses jambes vacillaient. Il dut prendre appui contre un muret de pierres sèches. Il était trop gros, beaucoup trop gros. S'il ne réfrénait pas la gourmandise qui le gonflait comme une outre et affaiblissait son cœur, il se préparait une vieillesse difficile. Il chassa aussitôt la répugnante perspective. Se priver de plats fins était un sacrifice impossible. Que mangerait-il après le meeting ? Peut-être la femme de ménage aurait-elle préparé un lapin ? Ou mieux, des huîtres suivies d'un saumon à la menthe ?

Il salivait. Voyait les casseroles, les fumerolles. Reniflait les odeurs. Les images lui donnèrent le courage de reprendre la marche. D'ailleurs, il reconnut le coude que faisait la rivière, l'amorce de la rue des Capucins, l'ombre du lycée qu'éclairaient à peine deux ou trois lampadaires. La salle des fêtes se trouvait à proximité de l'établissement scolaire, entre le terrain de camping et les courts de tennis. Deux cents mètres encore.

Les cloches de l'église Saint-Jacques sonnèrent huit coups. L'église était invisible, le tintement lointain était celui de la cloche de brume d'un bateau perdu. Luc Bidart allongea le pas. C'était idiot d'être impressionné par le brouillard et le silence spongieux qui escamotait les bruits, mais il avait l'impression désagréable d'être suivi. Il se retourna. Personne. Évidemment personne ! Il s'en voulut, s'obligea à ralentir. Sa respiration malaisée devenait bruyante. Son énorme ventre qu'il poussait devant lui pesait des tonnes. Il transpirait abondamment malgré le froid.

La porte. Enfin ! Il fouilla ses poches, saisit la clé entre ses doigts fébriles. Évidemment, l'éclairage public ne fonctionnait pas. Impossible de repérer ce fichu trou de serrure. Ah, la porte s'ouvrait sous la poussée ! C'était mieux que tâtonner mais dénotait une belle négligence de la part des autorités municipales.

Luc Bidart entra, tourna le commutateur. Une rampe de projecteurs vomit une lumière crue. Il constata que la salle avait été préparée selon ses instructions. La tribune des orateurs, dressée sur la scène, comportait une table nue et trois chaises. Il s'assit à sa place, imagina qu'à ses côtés se tenaient son suppléant, maître Colard, et le sénateur Buloque qui patronnait sa candidature. Derrière son dos, il y avait la maquette de la future affiche électorale. Son portrait souriant souligné d'une inscription : VOTRE DÉPUTÉ. UN AMI.

Devant lui, une centaine de chaises rouges. Il devrait se méfier du trou noir du balcon, au-dessus de sa tête. L'accès en était condamné, mais un plaisantin pouvait s'y aventurer, cata-pulter des boulettes de papier, voire, comme cela s'était produit une fois, des fruits pourris et des crèmes de gruyère. Luc Bidart se racla la gorge. Le début surtout était pénible. Le public épiait. Espérait la bévue. Après… après, il s'en-dormait. Et ce soir, l'introduction s'avérait par-ticulièrement difficile.

– Chers concitoyens, chers amis…

Dans la salle vide, les mots claquaient comme l'avertissement d'une catastrophe. Mécontent, il baissa l'intensité de la sonorisation, arrondit la voix.

– Chers concitoyens, chers amis, si ce soir vous avez eu la gentillesse de répondre à mon invitation, c'est avant tout parce que nous partageons la peine occasionnée par le décès de M. le député Latieu. Durant deux mandats successifs, il a œuvré – ô combien ! – pour notre circonscription. Son suppléant, malade, se récusant, vous allez être conviés à des élections partielles d'ici trois semaines…

Luc Bidart coupa le micro. Excellent. La sonorisation était bonne, la salle correctement chauffée. Rien ne clochait apparemment. Parfait. Luc Bidart se leva, descendit les trois marches qui accédaient à la salle.

À ce moment précis, la lumière s'éteignit.

– Merde !

La malchance ! À moins d'une heure du début du meeting ! À tâtons, il se dirigea vers la porte d'entrée. Il palpa la poignée, poussa. La porte était fermée à clé. Ses épaules s'agitèrent d'un frémissement nerveux. À quoi rimait la plaisanterie ? À son arrivée, elle était ouverte, donc un farceur… évidemment, compte tenu du nombre incalculable de clés qui circulaient entre les mains des pseudo-responsables…

Luc Bidart prit sa propre clé, mais ne put l'introduire dans la serrure qu'un corps étranger obturait. Dans l'obscurité, il était impossible de tenter la moindre manœuvre. Malgré sa placidité habituelle, la fureur saisit le conseiller général de C... Les blagues vulgaires ne l'amusaient pas, même si un meeting électoral appelait souvent de la part d'adversaires l'emploi de méthodes déplorables.

– Ouvrez, abrutis !

L'écho roula sous la voûte de béton. Lorsqu'il cessa, Luc Bidart entendit très distinctement des bruits de pas. Au balcon. Ainsi, le sinistre plaisantin était à l'intérieur.

– Bon, c'est amusant un moment, concéda-t-il, mais s'il vous plaît, ouvrez maintenant. Il me reste beaucoup à faire d'ici vingt et une heures.

Les pas continuèrent avec même quelques chaises renversées. Le conseiller général soupira. L'ennui, en politique, était qu'il fallait se heurter parfois à des énergumènes dont les pulsions primaires tenaient lieu d'argument. Les pires étaient les violents qui confondaient campagne électorale et rodéo punitif. Bah, il s'habituerait. Quelques mois à l'Assemblée nationale et il saurait réagir face à ce genre de mésaventure.

En attendant, s'il voulait que son public ne le découvre pas prisonnier de sa propre salle de réunion, il lui fallait se glisser le long des murs jusqu'à la sortie de secours. Rude gymkhana en perspective. Son ventre proéminent accrochait chaque obstacle. Le vacarme était épouvantable. Luc Bidart souffrait du ridicule de la situation.

Enfin, après des efforts exténuants, il parvint à la lourde porte d'acier à deux battants. Bloquée. Il n'insista pas. Il s'y attendait. L'imbécile avait tout prévu.

À vingt et une heures, il aurait bonne mine. L'histoire se répandrait comme une traînée de poudre. Il perdrait des voix.

À l'opposé de l'endroit où il se trouvait, il entendit des pas. Plutôt des grattements, proches de trottinements de souris. L'homme grimpait sur scène. Une voix, qui déclamait avec emphase, déchira le silence :

Quel plaisir de venger soi-même son injure,
De retirer mon bras teint du sang du parjure.

Puis, quelques secondes plus tard, il y eut un bruit de serrure. La porte fut ouverte, refermée violemment. Le clic-clac d'une clé condamna le dernier espoir de Luc Bidart.

Le conseiller général était enfermé dans la salle des fêtes de C…

Il riait. Un atroce caquètement de poule. Il était dans SA PIÈCE, assis sur le plancher. Il reprenait péniblement son souffle entre deux quintes. Il n'avait même pas pris le temps d'ôter son encombrant manteau de laine.

Bidart avait toujours été le plus stupide de la bande d'ineptes crétins. Il l'imaginait maintenant, prisonnier de la salle des fêtes obscure, tâtonnant à la recherche d'une improbable issue. Il aurait donné beaucoup pour être présent lorsque les futurs électeurs découvriraient leur député ! Quelle explication donnerait-il ? À l'évocation de la scène, le rire redoubla. Ses yeux se mouillaient. Des larmes de joie.

Il n'oubliait pas. Il n'oublierait jamais. Vingt-cinq années auparavant, alors qu'il refermait soigneusement sa *Littérature du XIXᵉ siècle*, marquant d'un signet la page qu'il tentait d'expliquer : *Madame Bovary*. La classe de troisième moderne deux s'était égaillée dès la cloche sonnée, en hurlant de manière répugnante. Ne demeurait que le jeune Luc Bidart. L'hypocrite Luc Bidart. Sa mémoire reconstruisait la scène. Aussitôt, le rire dérailla, devint une sorte de vagissement proche des larmes. Les traits du visage s'affaissèrent. Toute joie avait disparu. La peur contractait la bouche, les ailes du nez. Ainsi recroquevillé dans le coin de la pièce, il ressemblait à un animal malade. L'adolescent avançait vers le bureau.

– Quel superbe roman que *Madame Bovary,* m'sieur ! J'aimerais lire une autre œuvre de Flaubert, m'sieur, que me conseillez-vous ?

Il était tombé dans le piège. Il tombait toujours dans le piège. Il fouillait sa serviette, éparpillant une dizaine de livres. Et son sourire, ce jour-là ! Enfin, il avait converti un de ses élèves ! Enfin un élève que la beauté d'un texte subjuguait ! Son visage s'éclairait. Son visage si doux à l'époque. Pas comme aujourd'hui, une figure anguleuse, des plis amers, des rides dues au charcutage d'un chirurgien incapable. Il fouillait. S'affairait. Vidait les tiroirs du bureau. Et, pendant ce temps, l'adolescent s'emparait des clés de la salle de classe. L'enfermait. Au troisième étage, dans un bâtiment déserté. Un samedi. Submergé de honte, il n'avait pas appelé. Ni tenté quoi que ce soit. Jusqu'à l'ouverture du lycée, le lundi matin.

Aujourd'hui, à son tour, Luc Bidart vivait l'humiliation. L'humiliation avant la mort. Il l'avait averti.

Quel plaisir de venger soi-même son injure,
De retirer mon bras teint du sang du parjure.

Bien entendu, l'imbécile inculte n'avait rien compris ! La ville, d'ailleurs, ne comprenait rien. Il était trop fort pour eux. Des nullités. Il avait dû prévenir le flic. Lequimpois. Signaler que la vengeance ne s'arrêterait pas. Qu'elle serait implacable. Totale. Il lui donnerait davantage de retentissement. La presse informait peu les habitants. Ils se liguaient tous pour bâillonner le *Courrier Bourguignon*.

Le silence. La conspiration du silence. Mais sa lettre à Lequimpois mettrait le feu aux poudres. Même si les pressions continuaient, le *Courrier Bourguignon* serait tenu de citer les menaces.

Vraiment, il était beaucoup trop fort. Il materait C... Une fois sa vengeance achevée, la ville serait exsangue. De peur. Alors, il partirait. Il regagnerait l'Afrique. Jamais C... n'oublierait son passage.

Il consulta le cadran lumineux de sa montre. Vingt-deux heures. Il disposait d'encore un peu de temps, le meeting ne se terminant qu'aux alentours de minuit. Toutefois, il devait se mettre au travail. Il se leva péniblement, s'avança jusqu'à la table. À travers les persiennes éternellement closes, filtrait un rai de lumière que diffusait l'éclairage public extérieur. C'était suffisant. Il se déplaçait très aisément à l'intérieur de la pièce. La lumière aggravait l'effroyable mal de tête qui, ces temps derniers, empirait.

Il avala trois cachets de Retidron et crut vomir tellement le goût amer l'écœurait.

Il paraissait âgé, bien au-delà de la cinquantaine qu'indiquait l'état civil. On aurait dit que sa peau fripée allait tomber et que, sous le masque du vieillard, apparaîtrait un autre visage, plus apaisé. Les épaules maigres se voûtaient. La démarche était floue. Lorsqu'il retira son manteau, son corps se dessina, flottant dans un costume strict de laine bleu marine.

Les ingrédients étaient sur la table. La boîte de métal, grosse comme un épais dictionnaire, portait une inscription dorée : FAUCHON – PARIS.

Il hésita. Il avait prévu de la variété afin d'opérer un choix efficace. L'épicerie fine avait encaissé un gros chèque, mais Bidart paierait cela aussi. Il sélectionna le caviar russe. Bidart engloutirait les petites boules répugnantes avec la frénésie d'un nouveau riche.

Il écarta les timbales de foie gras ainsi que les cailles tsarines. Trop indigestes le soir. Par contre, il retint le pâté de bécasse truffé, les escargots pochés à la normande. Non, pas les bouchées Cambacérès, les cuisses de grenouille qui entraient dans leur composition rebuteraient Bidart.

Il compléta d'un tcholent, plat russe dont le conseiller général raffolerait, et de crimselich, parce que les amandes pilées mélangées aux raisins de Corinthe formaient un appât résolument attractif.

Il ficela le paquet, ajouta les fanfreluches habituelles – ruban coloré, écusson aux armes de Paris – puis considéra son travail d'un œil critique. Parfait. C'était parfait.

Maintenant, la lumière s'avérait indispensable. Il alluma le lampadaire à regret. Aussitôt, un élancement douloureux vrilla son crâne. C'était comme si on pétrissait son cerveau à pleines mains. Il s'installa confortablement derrière la table, prit le coûteux stylo poinçonné des initiales A.G. Quelle écriture adopter ? Il opta pour des lettres rondes, maladroites, trahissant une application crispée :

Monsieur le Conseiller Général,

Je ne sais comment vous remercier. Grâce à votre intervention, ma fille Mélissa a obtenu une place au Courrier Bourguignon. *Elle se désespérait tant d'être chômeuse. Vous l'avez sauvée.*

Je vous prie d'accepter ce menu cadeau qui, croyez-le, traduit mal ma reconnaissance. Je sais votre modestie et votre refus de tout présent, aussi userai-je d'incorrection en déposant mon offrande à votre porte… durant votre absence.

Toute ma gratitude.

Léa Assenti

Il ricana une ou deux fois. Bidart adorerait ce genre de poulet. Il adorait qu'on l'aime et C… l'aimait. Lui le haïssait de chaque fibre de son corps. Il agrafa l'enveloppe au paquet Fauchon. Maintenant, venait le moment délicieux. Sa respiration devint plus rapide. L'excitation le gagnait. Des ondes concentriques qui se propageaient le long de sa colonne vertébrale en frissons presque sensuels.

Il eut une dernière pensée pour l'élève de troisième moderne deux, Luc Bidart. L'adolescent écorchait volontairement la page choisie du roman de Flaubert. Au hasard de sa lecture, il déformait des mots, provoquant ainsi les rires niais de ses camarades. Pauvre Madame Bovary. Il entendait distinctement Luc Bidart, comme si le chahut datait de la veille :

– « Elle s'assit SUR son secrétaire *(rires)* et écrivit une lettre qu'elle CACHA lentement *(rires)* ajoutant la PATTE du jour et le BEURRE *(rires)*. Puis elle dit d'un CON solennel... »

Ici, le rire était devenu émeute.

Il lissa le bristol. Ses doigts vérifiaient la finesse de la texture. Sa plume ne devrait ni ralentir, ni baver sur une de ces imperfections qui détruisent la beauté de l'écriture. Il s'appliqua, tête exagérément penchée, main attentive.

Et il ne pouvait que répéter ce mot :
empoisonnée, empoisonnée.

Il glissa le bristol dans la poche intérieure de sa veste. Vingt-deux heures trente. Déposer le paquet au domicile de Bidart ne prendrait que vingt minutes. Compte tenu de l'heure tardive et du brouillard, il ne ferait aucune rencontre fâcheuse. Ensuite, il se rendrait au meeting. Il pouvait s'offrir le luxe de soutenir, ne serait-ce que quelques minutes, la candidature de Luc Bidart à la députation.

La « Grande Maison » fut mise en vente sans que Coline eût repoussé une seule fois le portail qui s'ouvrait sur ses souvenirs d'enfance. Elle évitait le quartier. Un jour, miss Barlin débarqua dans le studio de Iossip et annonça qu'elle regagnait l'Angleterre.

– Tout est distribué ou vendu selon vos instructions, conclut-elle. En rangeant mes affaires personnelles, j'ai découvert cet album photos emprunté à votre père.

Elle déposa sur une chaise un gros registre d'un vert passé et tourna les talons sans prendre congé. Elle détestait Coline. Malgré les deux projectiles calibre 12 retirés du corps de Talard, elle demeurait persuadée que Laurent était mort de chagrin ! Coline ne toucha pas l'album. Elle attendait que Iossip le descende au garage, pièce supplémentaire d'un fatras moisissant qu'elle s'efforçait d'ignorer.

– Tu ne l'ouvres pas ? dit Iossip le cœur serré.

Il pensait naïvement que la mort effaçait les erreurs du passé. Elle les rendait au contraire définitives. Il prit l'album, feuilleta les pages qui sentaient la poussière. Des clichés en noir et blanc, que le temps avait jaunis ou estompés. Quelques mèches de cheveux collées, des noms, des dates.

– Il n'y a pas ton père... l'album date de Mathusalem.

Coline s'approcha craintivement, très près, comme on le fait lorsqu'on se penche sur un berceau dans lequel dort un bébé. Sa hanche frôlait celle de Iossip.

– Montre... juste un peu, murmura-t-elle.

Iossip recommença au début. Malgré leurs jeans, il percevait presque physiquement la chaleur soyeuse de la peau de Coline.

– Les parents de mon père... de ma mère... Je les connais peu, ils se fréquentaient à peine parce qu'ils étaient de milieu social très différent.

Coline se détendit. Les photographies n'évoquaient qu'un passé lointain et étranger. Soudain, alors que Iossip s'apprêtait à refermer l'album, sa voix se brisa.

– Papa !

Mue par une volonté qui la dépassait, elle détacha le cliché. C'était la traditionnelle photo de classe, avec une trentaine d'adolescents endimanchés, pressés autour de leur professeur.

Coline tremblait. Iossip se débarrassa de l'album, saisit la main de la jeune fille qu'il attira jusqu'au fauteuil. Ils y tombèrent tous deux, corps contre corps. La photographie, échouée dans le creux de la jupe, semblait les regarder.

– C'est mon père, là, au premier rang.

Son index désignait un adolescent rieur, en pull, mais cravaté. Coline répéta :

– C'est papa... c'est papa...

Le murmure se cassait sur les syllabes jumelles. Elle était comme une petite fille qui retrouve son père après une longue séparation. Iossip retourna le cliché et lut :

Classe de troisième moderne deux.
Avec Dubignaud, dit Télescope,
notre prof de maths. 1976.

Coline se moucha et maintint le carré de lin contre son visage. Ses magnifiques yeux verts étaient des lacs sous la pluie.

– Tu connais les autres ?

– Non... de toute manière, après tout ce temps... à part peut-être... oui, il me semble qu'à la droite du professeur c'est Fred Ascore... enfin, je crois...

– Fred Ascore ! s'exclama Iossip.

Il n'eut pas le loisir d'en dire davantage. Les yeux verts, maintenant secs et brillants, accostaient son propre regard.

– Embrasse-moi, je t'en prie, embrasse-moi, balbutia Coline.

Ils ne perdaient pas leur temps. La détermination de Coline balayait les doutes ou les hésitations de Iossip.

– À quoi bon, disait-il parfois, laissons la police enquêter.

Les traits de Coline se durcissaient. Une ombre fugitive voilait ses yeux qui exprimaient la haine. Une haine sans concession.

– S'il te plaît, Iossip…

Et Iossip comprenait que la vie de la jeune fille ne reprendrait son cours normal que lorsque l'assassin de son père serait arrêté. C'était comme une sorte de dette impérative, peut-être une manière barbare de dire son amour, au-delà de la mort.

L'appartement était submergé d'anciens numéros du *Courrier Bourguignon*. Iossip Martin, dont la mémoire était considérable, s'était progressivement persuadé qu'il avait lu le nom de Titus dans son journal. Dès son entrée au *Courrier Bourguignon,* en journaliste consciencieux, il s'était plongé dans la collection complète du titre. Aujourd'hui, il recommençait, ou plutôt Coline recommençait, puisque, dès l'aube et durant des heures, elle dépouillait chaque numéro. Le journal avait été fondé en 1948 ! Un travail de titan. Quant à Iossip, il bâclait ses articles journaliers, commémorations diverses, matchs de foot ou travaux sur la voie publique, et regagnait aussitôt le deux-pièces. Il désirait écrire des articles sur le « Fou aux Citations », mais Lénorde l'avait convoqué dans son bureau.

– Juste un minimum d'informations, avait-il ordonné.

– Mais enfin… on a l'occasion inespérée d'augmenter le tirage du canard ! Lequimpois a reçu une lettre du dingue et je n'ai pas l'autorisation de la publier, c'est un comble !

Lénorde avait pris l'air hypocrite qui était le sien quand il se défaussait de ses responsabilités.

– Eh oui, mon petit Iossip, je partage votre déception. Mais tout ce que la région compte de notables téléphone dix fois par jour afin d'exiger le silence du *Courrier Bourguignon*. Mauvais pour les affaires et l'image de la ville. Même la police réclame la discrétion. Croyez bien que je regrette autant que vous une situation qui pénalise mon journal.

Le « non » était définitif. Et ce « non » fut un aiguillon. À son tour, Iossip plongea dans l'enquête, y consacrant la majeure partie de son temps. Il fulminait.

– En réalité, ce cabotin faux jeton est ravi. Éviter les remous est l'unique religion de son canard, mais quand je balancerai un dossier complet sur son bureau, il comprendra ! Avec le nom de l'assassin ! Je réclamerai deux pages du *Courrier Bourguignon*. Ensuite, salut, je disparais dans une ville moins pourrie !

Une fois de plus ce jour-là, à peine le petit déjeuner avalé, Iossip abandonna Coline en pyjama, entre deux piles datant des années 50.

– Où vas-tu ? demanda-t-elle.

– Chez Lagorce.

– Tu es malade ?

Son front se plissait de ridules inquiètes. Iossip serra Coline dans ses bras. Chaque fois, il s'étonnait de la fragilité de la jeune fille dont le corps gracile dissimulait un caractère si fortement trempé. Sa main erra sous le pyjama, caressa la peau encore tiède de la chaleur du lit.

– Je suis en excellente forme ! Mais j'aimerais savoir ce que soigne le Retidron !

Il effleura les lèvres de Coline, s'écarta très vite.

– Sinon, je reste, admit-il piteusement. En outre, j'ai besoin de calme et de réflexion. Quelle histoire vais-je raconter au docteur Lagorce ? Tu imagines la scène : bonjour toubib, je consulte au sujet d'un comprimé !

Le cabinet du docteur Lagorce était situé dans une maison proche, ancien prieuré datant du XVIe siècle. Lorsqu'il était de bonne humeur, Lagorce faisait volontiers visiter sa magnifique demeure et, à défaut d'être guéris, les malades quittaient la consultation saoulés de fastidieuses considérations architecturales qui les laissaient de marbre. En pénétrant dans le cabinet, Iossip prit une décision : il mentirait. À outrance.

– Voilà ce qui m'amène, docteur.

Ce fut la seule phrase qu'il prononça clairement. La suite de ses explications bascula dans la confusion.

– Euh… un de vos confères m'a prescrit ces comprimés… j'ai… j'ai égaré la boîte…

Il déposa le minuscule cachet de Retidron sur le bureau du docteur Lagorce ; celui-ci considéra le médicament comme s'il s'agissait d'une crotte de chat.

– Et… et je me demande si… si mon estomac supporte cette médication, parce que…

Lamentable ! Un scénario pitoyable. D'une totale incohérence.

– Voyez-vous ça, dit Lagorce. Un confrère… Très intéressant…

Il vissa une loupe à son œil droit. Admira le comprimé. Sans y toucher.

– Réellement très, très intéressant…

Soudain, d'une légère pichenette, il propulsa le comprimé jusqu'à Iossip. Ensuite, toujours silencieux, il inclina son fauteuil en arrière, puis caressa son crâne chauve de sa main très blanche, aux ongles manucurés. Il paraissait prendre un intense plaisir à ces attouchements mécaniques. Enfin, brusquement, comme s'il émergeait d'un rêve, il dit avec un sourire glacial :

– Poursuivez, je vous prie.

– Il n'y a rien à poursuivre, bégaya Iossip, je désire seulement votre avis.

Le docteur Lagorce se leva avec lassitude. Il entrouvrit une armoire métallique blanche dont il tira une boîte de médicaments qu'il agita devant les yeux de Iossip.

– Voici les comprimés de Retidron prescrits par mon confrère. Sommes-nous d'accord ?

– Euh... oui... certainement...

La fureur de Lagorce éclata brutalement.

– Vous mentez monsieur Martin ! Comme tous les journalistes... je devrais dire les pisse-copies ! J'ignore quel est votre but et cela ne m'intéresse pas. Cependant je n'apprécie guère qu'on me prenne pour un imbécile !

Il se tut. Toisa férocement Iossip. Maintenant, sa colère était froide, presque détachée, comme s'il constatait soudain que son interlocuteur ne méritait pas une telle dépense d'énergie.

– Vous allez déguerpir de ce cabinet et n'y jamais remettre les pieds. Auparavant, lisez !

D'autorité, il fourra la boîte de médicaments sous les yeux de Iossip qui déchiffra :

– « Retidron, made in U.S.A. Échantillon réservé à l'information médicale. Vente stricte-ment interdite en France. »

– MADE IN U.S.A., monsieur Martin ! reprit Lagorce. La vente de ce médicament est inter-dite et ce fantomatique confrère qui vous le prescrit est un criminel ! Les comprimés de Retidron ont des effets très violents. Ils agissent sur les maux de tête chroniques que la médecine est incapable de guérir. Employés aux États-Unis afin de soulager les patients lors de séquelles postopératoires, ils n'ont pas obtenu l'agrément du ministère français de la Santé car des effets secondaires dangereux existent. Il est impossible de se procurer le Retidron ailleurs qu'aux U.S.A. ! Je suppose que, malgré vos pitoyables mensonges, vous avez obtenu ce que vous cherchiez. Alors, sortez !

Luc Bidart se sentait déprimé. Il marchait à petits pas précautionneux en ruminant les déconvenues de la soirée. Sa délivrance ridicule – quelques participants au meeting avaient dû trouver une clé – ses explications embarrassées, les rires furtifs et, comble de guigne, un contradicteur hurluberlu qui le sommait d'exposer un programme ! En moins de vingt-quatre heures, la ville entière apprendrait sa mésaventure.

Le cadeau de Léa Assenti rasséréna le conseiller général. Avant même d'ouvrir sa porte, il lut le carton qui accompagnait le paquet. Aussitôt, son optimisme reprit le dessus, un large sourire gonfla ses joues rondes. Ses concitoyens l'aimaient. Aucun doute, il deviendrait député de la circonscription.

En pénétrant dans la cuisine, il sifflotait un air à la mode que les radios diffusaient jusqu'à l'écœurement. Il alluma l'électricité, se précipita vers la cuisinière à gaz. Dès qu'il eut soulevé le couvercle de la cocotte de fonte, il fit la moue. Du bœuf aux carottes. Plus exactement, les restes du bœuf aux carottes du repas de midi ! La femme de ménage, bombardée cuisinière durant les absences de son épouse, ne s'était pas surmenée. Elle avait pensé qu'à la sortie d'un meeting, il préférerait le sommeil à la nourriture, ce qui était mal le connaître !

Malgré le solide appétit de Luc Bidart, ingurgiter des carottes réchauffées et mollasses à minuit était au-dessus de ses forces. Vaguement furieux, il hésita, ouvrit le réfrigérateur. Vide. La perspective d'aller dormir sans dîner le déprima à nouveau. Décidément une journée gâchée. Irrité, il alluma le gaz sous le bœuf aux carottes, puis se rappela le paquet jeté sur la chaise. Sans enthousiasme excessif, il déchira le papier d'emballage. Des bouquins. Un quelconque bibelot. Il possédait une incroyable collection de bibelots de mauvais goût.

L'inscription FAUCHON-PARIS excita ses papilles. Il fit sauter le couvercle de la boîte de métal, crut rêver. Du tcholent ! Des crimselich ! Des nourritures célestes ! Luc Bidart se sentit fondre de gratitude envers l'univers entier. Une rose supplémentaire s'ajoutait au bouquet de la vie. Que Léa Assenti était donc une femme adorable ! Un tel cadeau en remerciement d'un modeste emploi de secrétaire obtenu pour sa fille au *Courrier Bourguignon !* Il tempéra son enthousiasme, sut se montrer raisonnable. Le tcholent attendrait demain. À cette heure tardive, il se contenterait d'un peu de caviar – hélas, sans toast – et d'un soupçon de bécasse truffée. Peut-être une bouchée ou deux de crimselich en dessert ? Il verrait. Résister à la tentation serait une épreuve.

Le carillon de la porte d'entrée tira Luc Bidart d'une béatitude qui amollissait ses traits.

Qui osait le déranger au cœur de la nuit ? Un instant, il redouta une mauvaise nouvelle, songea à Laure, si loin, et son cœur bégaya. Il ouvrit grand la porte, d'un seul coup, comme pour gifler le destin s'il s'avisait d'être porteur de mauvaises nouvelles.

– Ah, c'est vous, cher ami ! Vous m'avez causé quelque frayeur.

– Je vous prie d'excuser mon intrusion à une telle heure de la nuit, mais je sors de votre meeting et j'ai tenu à vous féliciter. Je sais que vous dînez toujours après vos réunions, aussi n'ai-je pas craint…

– Entrez, entrez… vous avez bien fait et c'est très gentil à vous.

Le visiteur se tenait sur le seuil. Ses lèvres esquissaient un sourire de circonstance, mais son corps entier était raide et glacé. Malgré trois comprimés de Retidron, une atroce douleur laminait son crâne.

– Entrez donc, répéta Luc Bidart, sinon j'aurai l'impression d'un fantôme né du brouillard. Quelle ignoble purée de pois, n'est-ce pas ?

Une odeur de brûlé imprégnait la cuisine.

– Merde, les carottes !

Il s'excusa aussitôt. Les carottes oubliées. La femme de ménage un peu légère. La fatigue d'une journée difficile.

– J'allais justement goûter ce caviar de chez Fauchon que m'envoie une admiratrice...

Luc Bidart gloussa d'une manière complaisante.

– Je regrette de ne pas avoir davantage d'admiratrices clientes de chez Fauchon. Peut-être accepterez-vous de partager mon repas ?

– Non, merci. J'ai dîné avant de me rendre au meeting, mais je vous en prie, mangez ! À votre place, je mourrais de faim.

Il n'avait nullement besoin d'encourager Luc Bidart dont le regard flambait d'une impatience gourmande. Le conseiller général cala laborieusement son énorme ventre derrière la table, ouvrit la boîte de caviar russe. C'était l'instant qu'il préférait, juste avant l'acte lui-même, tant le plaisir de l'attente domptée aiguillonnait son appétit. Du caviar russe. De la marque Oblonski. Le meilleur.

– J'ai beaucoup apprécié votre exposé et la salle paraissait réagir favorablement...

– Certes, certes, coupa goulûment Luc Bidart. Je ne suis pas mécontent, encore que l'épisode... euh... euh... pour le moins fâcheux... euh...

Il l'écoutait patauger. Il ne l'aiderait pas. Qu'il boive le calice jusqu'à la lie.

– Un ivrogne quelconque, conclut piteusement Luc Bidart.

Et ses lèvres charnues happèrent une cuillerée de caviar ébène.

– Assurément. Mais ce genre de plaisanterie douteuse vous est familier, n'est-ce pas ?

Luc Bidart demeura sans réaction. Il mangeait. Existait-il une volupté plus grande que celle d'une langue caressant une nourriture divine ?

– Votre mémoire vous abandonnerait-elle ? Contrairement à l'ivrogne dont vous parlez, vous n'aviez pas l'excuse d'avoir bu.

Entre deux bouchées, Luc Bidart leva la tête. Son visiteur l'agaçait. D'abord, il détestait les maigres. Et il détestait qu'on le regarde manger. Surtout de cette manière. Fiché sur sa chaise, en face de lui, il paraissait compter les cuillerées avalées ! Luc Bidart répondit assez sèchement.

– Que voulez-vous dire ? Je ne saisis pas.

Faire la conversation l'exaspérait. Il enfourna une nouvelle bouchée de caviar.

– Souvenez-vous. Il y a vingt-cinq ans. En classe de troisième moderne deux.

Bidart dégustait. Les mots effleuraient son cerveau.

– En troisième moderne deux... vous adoriez *Madame Bovary* au point de réclamer d'autres ouvrages de Flaubert.

« Qu'il est donc étrange ce soir, à me débiter des phrases sans queue ni tête, songea Luc Bidart. En outre, quelle mine épouvantable. Pourquoi ne surveille-t-il pas sa santé ? Mon Dieu, quelle idée de venir me féliciter à pareille heure ! »

– En réalité, vous détestiez Flaubert, ainsi que toute la littérature d'ailleurs. Seul le chahut vous intéressait, chahut que vous organisiez en compagnie de vos quatre camarades préférés. Un jour, par jeu – quel mot commode – vous avez enfermé votre professeur de français dans sa salle de classe...

Luc Bidart pouffa d'un rire conciliant.

– Qui vous a raconté cette histoire ? Effectivement, je m'en souviens. Quelle rigolade !

Son mal de tête redoubla. Un élancement fulgurant. Il eut de la peine à se dominer.

– Personne ne m'a raconté quoi que ce soit.

114

Il y eut un blanc. Maintenant, Luc Bidart prélevait de la pointe d'un fragile couteau d'argent des parcelles du pâté de bécasse qu'il déposait délicatement sur sa langue. On entendait le bruit de la déglutition.

– Personne ? Enfin…

– Personne. Vous rappelez-vous le nom de votre professeur de français ?

– Oh non !

– Alors, le surnom ?

– Non… non… vraiment non !

– Titus. Vous le surnommiez Titus.

L'horloge murale sonna la demie de minuit. Ce fut comme le froid de la mort.

– Titus ! s'étrangla Luc Bidart.

Son visage se décomposa progressivement. Une nouvelle fois, il chuchota :

– Titus…

En même temps, sa vision se brouilla. Les murs de la cuisine tanguèrent. En une fraction de seconde, il admit son destin.

– C'est vous, Titus ? souffla-t-il. Vous, l'assassin de Talard ?

– Et d'Ascore. Votre assassin aussi. D'après ma montre, il vous reste moins d'une minute à vivre. Vous aurez la consolation de mourir empoisonné comme Mme Bovary, votre héroïne préférée.

Les yeux de Bidart s'exorbitèrent.

– Vous que je croyais…

Le conseiller général roula sur sa chaise, puis, d'un seul coup, s'affaissa, le visage écrasé dans le pâté de bécasse truffé. La lumière de la cuisine s'éteignit. La porte extérieure se referma doucement.

La main de Luc Bidart étreignait un bristol beige sur lequel figurait une inscription qui provoquerait stupeur et effroi.

Et il ne pouvait que répéter ce mot :
empoisonnée, empoisonnée.

Et l'Infini terrible effara ton œil bleu…

Il claquait des dents. Une réaction nerveuse qui s'apaiserait. Il ferma la porte derrière lui, poussa le verrou. Enfin, il était dans sa pièce. Il embrassa le décor familier, s'assurant de la place de chaque objet. Bien que les volets fussent clos, il tira les lourds rideaux de velours rouge, transformant ainsi l'espace en une sorte de caveau oppressant. Seul un lampadaire d'appartement diffusait une clarté médiocre.

Peu à peu, les frissons s'atténuèrent. Les muscles se relâchèrent. Il devint une chose amorphe s'enlisant entre les coussins moelleux du fauteuil pourpre. Soudain, il éclata de rire, ce rire issu du fond de la gorge, presque malgré lui, qui ne traduisait rien d'autre qu'un pitoyable égarement proche de la douleur.

– Empoisonné, empoisonné, balbutia-t-il à travers le silence de sépulcre.

Il récupérait aussi son calme. Ses migraines avaient disparu. La certitude du triomphe établissait une sérénité qui se mua en mépris.

Ses adversaires manquaient d'envergure. Une fois de plus, le brouillard complice servait ses desseins. Qui, à près d'une heure du matin, aurait pu reconnaître le « Fou aux Citations » – l'injure le laissait de marbre – alors que la nuit poisseuse permettait à peine de distinguer le trottoir sur lequel on marchait ? Trois. Trois des chahuteurs étaient morts. Talard, Ascore, Bidart. N'en restaient que deux. Leur élimination ne présentait aucune difficulté. La ville de C... n'était pas de taille.

Aucun des trois ne s'était souvenu de Titus. Cet oubli du passé accentua sa rancœur. Ils avaient détruit sa vie, s'acharnant des mois durant, faisant preuve d'une méchanceté sans concession et leur mémoire ne conservait aucune trace d'un passé si douloureux ! Leur professeur n'avait été qu'un jouet. Une souris qu'un chat désarticule par ennui et abandonne dans un coin.

La haine le submergea. La mort, finalement, n'était qu'un doux châtiment. La grenouille que Talard avait placée dans sa serviette. La crème de gruyère étalée sur la chaise et le rire insolent d'Ascore. Les boules puantes de Bidart. Les vilenies assaillaient sa mémoire, les unes après les autres, comme autant de brûlures.

Il fallait à tout prix chasser l'évocation du passé sinon les douleurs réapparaîtraient. Il tâta machinalement sa poche, devina la présence rassurante des plaquettes de Retidron.

118

Les flics. Les flics se montraient encore plus stupides que le reste de C... Ils pataugeaient lamentablement. Comment en serait-il autrement ? Leur culture commençait et s'arrêtait à la lecture du *Courrier Bourguignon*. La littérature leur demeurait aussi inaccessible que la planète Mars.

Il devait les aider. Le jeu était par trop inégal. Sa supériorité écrasante amoindrissait son plaisir. Il s'installa à la table, prit son stylo et écrivit :

Lisez donc Rimbaud, pour la prochaine fois.

Expédier la lettre – la seconde – à ce lourdaud de Lequimpois ne manquait pas de sel !

Il cacheta l'enveloppe, apprécia le goût framboisé de la colle. Maintenant, il était parfaitement bien. Il éteignit la lumière, se laissa couler dans le fauteuil. Il dormirait là.

Pas une seule fois, il ne songea à se déshabiller ni même à retirer son manteau.

Coline s'énervait. Autour d'elle, les piles de *Courrier Bourguignon* étaient d'une désespérante épaisseur. Dès l'aube, elle s'acharnait à feuilleter les journaux, un par un. Dérisoire travail de fourmi que les convictions de Iossip avaient bien du mal à encourager. Le « Fou aux

Citations » avait commis un troisième meurtre. Malgré les conclusions de la P.J., les habitants de C... ne croyaient plus au suicide de Fred Ascore. Coline abandonna la pile de 1970 et, après un méritant parcours d'obstacles, gagna la kitchenette où elle se servit une tasse de café fort.

À quoi bon ? C'était tout simplement ridicule. Dépouiller plus de trente ans de *Courrier Bourguignon* afin de repérer... de repérer quoi au juste ? Elle l'ignorait.

Chaque matin, Iossip dopait son moral.

– Le meurtrier est un fou, affirmait-il, mais un fou qui agit selon une logique qui lui appartient. À nous de découvrir sa motivation. La mise en garde reçue par Bazooka – *Qui se souvient d'Alexandrine morte il y a vingt ans ?* – n'est certes pas gratuite. Mon intuition me dit que chaque citation a un sens, du moins pour le cerveau déglingué de ce type. Je demeure convaincu que le journal solutionnera une partie de l'énigme.

Coline soupira. Elle remuait machinalement son café alors qu'elle ne le sucrait jamais. Son regard las parcourut l'incroyable capharnaüm qu'était devenu l'appartement. Des journaux partout. Un lit de camp qui vomissait sa literie. Des tasses, des bouteilles qui traînaient. Coline éclata d'un rire gai comme si l'absurde spectacle raffermissait sa volonté.

– Au boulot ma fille, lança-t-elle à voix haute, cherchons la fichue aiguille dans la fichue meule de *Courrier Bourguignon*.

Et, inlassablement, elle se mit à tourner les pages. Cependant, un sourire très doux éclairait son visage. Elle songeait que la vie présentait d'étonnants revirements. Quelques semaines auparavant, elle ne pensait que théâtre, s'imaginait future sociétaire de la Comédie-Française. Aujourd'hui, elle oubliait les camarades du conservatoire et tombait amoureuse d'un journaliste provincial. L'assassinat de son père bouleversait une existence qu'elle croyait définie.

Son père. Sa gorge se noua. Ses mains feuilletèrent plus vite le *Courrier Bourguignon*. Vite, encore plus vite. Elle rejetait le souvenir de Laurent. Une larme, puis d'autres s'écrasèrent sur les pages. Les petits cratères de papier mouillés trouaient l'exemplaire du 6 novembre 1970.

Henri Lagorce offrait son visage des mauvais jours. Indifférent à la présence du patient qui dissimulait à peine sa gêne et attendait qu'on veuille bien l'examiner, il injuriait le téléphone, rejetant toute sa hargne sur le combiné de plastique.

– Votre scénario est idiot, Lequimpois ! Seule l'imagination faiblarde d'une police déficiente peut échafauder de telles inepties ! Un médecin a autre chose à faire qu'écouter de pareilles foutaises !

Il raccrocha brutalement et repoussa le téléphone à l'autre extrémité de son bureau.

— Connaissez-vous la dernière trouvaille de la police ? éructa-t-il à l'adresse du patient qui se tenait coi.

L'homme ébaucha un timide « non » et songea avec effroi que sa visite au docteur Lagorce tombait plutôt mal. La guérison de ses douleurs lombaires attendrait. À C..., la réputation de Lagorce était excellente. Son talent éclipsait celui de ses confrères. De beaucoup. Sauf au cours de périodes dépressives, que le cyclothymique qu'il était subissait à intervalles réguliers. Alors, la clientèle désertait le cabinet jusqu'à ce que la rumeur publique confirme le retour à la normale.

Henri Lagorce lorgna son malade avec suspicion. L'examen fut défavorable.

— Ouais... bon, peu importe, ma vie personnelle ne vous regarde pas.

— Mais...

— Ne pinaillons pas, grogna Lagorce, de quoi souffrez-vous ?

Trois minutes plus tard, l'homme quittait le cabinet. Alors qu'un fer de lance rougi au feu fouaillait ses reins lorsqu'il accomplissait certains mouvements, il avait eu le privilège d'entendre Lagorce déclarer :

– Dorlotez-vous moins, mon ami ! Deux ou trois contractions musculaires ne font mourir personne. Ce sera vingt-cinq euros.

Dès que le patient eut le dos tourné, Lagorce se précipita au garage. C'était son domaine. Un vaste appentis de bois qui déparait la belle maison du XVIe siècle dont il était si fier. À l'intérieur, outre la B.M.W. rutilante, il y avait un matériel digne d'un mécanicien professionnel. Chaque outil était rangé, nettoyé, étiqueté. Nulle part la moindre trace d'huile. Un étranger aurait pu croire que Lagorce n'utilisait jamais son attirail.

Grossière erreur ! Foncer sur les routes au volant de la B.M.W. et faire de la mécanique demeuraient la seule médecine qu'employait Lagorce contre ses crises de dépression. La médication donnait d'excellents résultats. Au bout de quelques jours, le docteur réapprenait le sourire et l'amabilité.

– Élisabeth, ne m'attends pas et déprogramme les visites de l'après-midi, aboya-t-il dans l'interphone qui le reliait au « château » (il se gargarisait de l'expression qui excitait les jalousies).

– Très bien, répondit sa femme.

Et ce fut tout. Élisabeth, reléguée près du téléphone et du carnet de rendez-vous, n'était qu'une ombre que les patients rencontraient parfois au hasard d'un couloir.

Lagorce vérifia la B.M.W. Le plein était fait. La C.B. fonctionnait. La C.B. était un élément indispensable de la thérapie.

Il sortit le véhicule du garage, recula dans l'allée de gravier que le jardinier grattait d'une pioche fatiguée. Lagorce abaissa la vitre de l'automobile.

– Dites, Binet, je ne vous paie pas pour roupiller !

Et la B.M.W. bondit sur la route asphaltée.

Au début, il conduisit lentement. Le tronçon de route qui menait à la nationale ne présentait aucun intérêt. La bataille contre la maladie avait lieu sur la nationale 305.

Henri Lagorce se sentait davantage déprimé que lors des crises habituelles. L'appel téléphonique de Lequimpois réveillait une crainte qu'il voulait étouffer. Oh, certes, le commissaire délirait. Selon lui, le « Fou aux Citations » éliminait les potaches figurant sur une photo vieille de vingt-cinq ans ! Une classe entière ! Le fou serait un des trente-cinq élèves ! Lequimpois lisait trop de romans noirs. Par contre – et c'est ce qui abattait Lagorce – la théorie du S.R.P.J. demeurait vraisemblable : l'assassin s'attaquait aux gens riches de la ville. Et Lagorce était riche. Très riche. Et il avait peur de la mort. Très peur. L'assassinat de Luc Bidart avait déclenché sa nouvelle crise dépressive. Trois décès de notables. Pourquoi ne serait-il pas le quatrième ?

Rouler. Rouler vite. S'enivrer de vitesse au point d'effleurer la hideuse camarde. S'il en réchappait, c'est que le destin ne voulait pas de lui. Pas encore. Alors, il rentrerait, apaisé.

Le docteur Henri Lagorce conduisait, le regard rivé à l'asphalte. Il ne distinguait rien d'autre que le ruban de goudron et l'arrière du véhicule qui le précédait. Des gouttelettes de transpiration mouillaient son crâne déjà dégarni. À cet instant, le quadragénaire qu'il était paraissait éreinté, au bout du rouleau. Durant les crises, Lagorce vivait des heures terribles. Il détestait le monde entier, se détestait lui-même, s'effondrait dans l'abîme du doute et de la peur.

Une fois sur la nationale 305, il accéléra. La route, composée de trois voies sur une trentaine de kilomètres, rétrécissait jusqu'à devenir étroite et sinueuse dans la partie qui dégringolait vers la plaine. Dans cette zone dangereuse, baptisée côte d'Urcy, Lagorce flirtait avec le diable. Il stabilisa sa vitesse à cent soixante, roula ainsi un instant, puis descendit à cent vingt lorsqu'un Turbo-Leader Renault barra le passage. Henri Lagorce décrocha la C.B.

– Alpha Tango à Douce Maryvonne. Douce Maryvonne, répondez.

– Douce Maryvonne, j'écoute.

– Alpha Tango. Espèce de gros cul, tu encombres la route ! Je préfère ne pas voir la tronche d'un type qui choisit un indicatif aussi nul !

D'une légère pression de l'accélérateur, le docteur Henri Lagorce doubla le semi-remorque. La B.M.W. franchit la ligne blanche qui délimitait les couloirs de circulation. Il y eut des appels de phares, des coups de klaxon indignés.

Tel Jekyll hantant les rues de Londres, Lagorce hantait la nationale 305. De nombreux poids lourds empruntaient cet axe routier. La plupart disposaient d'une C.B. Il injuriait les chauffeurs qu'il poussait ainsi à de graves imprudences. Malgré leur masse, les camions devaient céder la route à la B.M.W. qui doublait dans des situations suicidaires.

Le docteur Henri Lagorce évacuait ainsi le mal qui le rongeait.

– Alpha Tango à Loulou. Loulou, répondez.

– Loulou écoute. À vous Alpha Tango.

La B.M.W. avait distancé Loulou depuis une ou deux minutes. Dans le rétroviseur, le poids lourd était invisible.

– Alpha Tango. Deux choses seulement. Primo, apprends à conduire, minable ! Deuzio : ton bahut pourri sème son huile. La nationale n'est pas une poubelle pour les clodos de ton espèce.

Lagorce reposa le micro de la C.B. Il était atrocement malheureux.

La descente d'Urcy s'amorçait. Une pente à 14 %. Vingt-deux virages en épingles à cheveux.

Un ravin profond bordait la route. Durant cinq kilomètres, la mort aguichait. Lagorce était résolu. Il maintint la vitesse de la B.M.W. à cent kilomètres heure. Quoi qu'il advînt, il ne descendrait pas au-dessous.

Lequimpois conservait difficilement son calme. La suffisance des enquêteurs du S.R.P.J., qui squattaient sans délicatesse excessive son propre bureau, le mettait hors de lui.

– Qui est ce Iossip Martin ? insinua l'inspecteur Sortelet. Un raté qui croupit au *Courrier Bourguignon* en tenant la chronique des chiens écrasés ou celle des inaugurations de salles des fêtes ! Les théories de… Comment le nomme-t-on… ah oui, P'tiot Slip…

Il s'abandonna à un rire gras que partagea aussitôt son comparse, un nommé Doulaize. C'était un sous-fifre d'une servilité écœurante. Jérôme Lequimpois ne put tenir. Il jaillit de la chaise métallique, réservée au suspect, planta ses deux poings sur SON bureau en cèdre, cadeau de la seule femme qui eût traversé sa vie.

– Inspecteur Sortelet, Iossip Martin vous emmerde et moi itou ! Comme lui, je pense que le « Fou aux Citations » a un lien avec le lycée et que la future victime figurera sur la photographie remise par Coline Talard. Trop d'éléments concordent.

– Quels éléments ? Des élucubrations de journaliste local, des hypothèses de flic... euh... de flic...

– Raté ! Allez, dites-le, le mot brûle votre langue ! Peut-être suis-je un raté, Sortelet, mais moi, j'aime mes concitoyens. Quant à vous, vous considérez vos semblables comme des pions utiles ou nuisibles à votre propre carrière et vous jouez avec eux. La théorie du S.R.P.J. est absurde. Pourquoi un dingue s'attaquerait-il aux notables, sous prétexte qu'il haïrait leur fortune... alors qu'il n'évoque jamais cette fortune ? Pourquoi signerait-il ses crimes de citations littéraires ?

– Vous me crachez à la figure, Lequimpois ! dit sèchement Sortelet.

– Peut-être, mais cela me fait du bien, rétorqua suavement Bazooka.

Les yeux de Sortelet brillèrent d'une lueur métallique. Doulaize dissimulait sa mine de croque-mort grippé derrière un sourire fuyant.

– Acceptons votre hypothèse, admit l'inspecteur.

Il s'interrompit, se déhancha dans le fauteuil à roulettes dans lequel il trônait en pacha. D'un classeur vert kaki, il retira un mince dossier de carton bulle qu'il tapota de ses doigts aux ongles rongés. Un rictus découvrait des prothèses dentaires en or.

– Mettre en garde les trente-cinq types identifiés sur la photographie, certes... Pourquoi eux seulement ? Même si vous n'êtes pas sur ce fameux cliché, vous faisiez bien partie de cette classe, non ?

– Oui. Mais j'étais si jeune, je n'ai conservé aucun souvenir de mes quinze ans !

– Vous êtes un suspect idéal, commissaire ! Soyons sérieux : tous les potaches ayant transité par le lycée pourraient être de futures victimes ou, selon vos thèses, de possibles assassins. Savez-vous, commissaire Lequimpois, combien de personnes sont ainsi mises en cause ?

Le mot « commissaire », jeté comme une injure, tinta longtemps à travers le silence qui opposait les deux hommes. Un bref instant, on put craindre que Lequimpois écrabouille le gringalet qui le défiait. On entendait seulement le martèlement accéléré des ongles de l'inspecteur.

Lorsque la tension fut à son paroxysme, Sortelet lança :

– Plus de vingt mille, commissaire ! Dans le rapport que j'ai là, le proviseur évalue à vingt mille le nombre de potaches concernés. Mon cher Lequimpois, disposerez-vous de vingt mille flics afin de surveiller ces vingt mille personnes, étant bien entendu que je suppose que vous avez retrouvé la trace de ces braves gens !

Satisfait d'une si percutante démonstration, Sortelet se leva et rangea le dossier dans le classeur. Puis, il arpenta la pièce, épiant d'un air narquois les réactions du commissaire. Le manège s'éternisa. Lequimpois ne pipait pas. Il oubliait Iossip, Coline, les assassinats et son propre sort. Soudain, il découvrait que, pendant qu'il somnolait dans le cocon de C…, ailleurs la vie sécrétait des individus à l'image de Sortelet.

– Doulaize vous tiendra au courant des suites de l'enquête, conclut l'inspecteur. J'aimerais que vous laissiez travailler les spécialistes de la P.J., commissaire. Occupez-vous donc des menus problèmes de C…, je suis persuadé qu'en ce domaine, vous accomplissez des prouesses. Maintenant, j'ai du pain sur la planche, alors s'il vous plaît…

Avant de quitter le bureau, Jérôme Lequimpois murmura :

– Sortelet, lisez-vous parfois Rimbaud ?

– …

– Je vous conseille de vous y mettre. Tenez !

Bazooka projeta aux pieds de l'inspecteur la seconde missive qu'avait expédiée le « Fou aux Citations ».

Lorsque Iossip entrouvrit la porte, il crut poursuivre les rêves de sa nuit agitée. Il ne s'attendait guère à une visite, à six heures du matin, encore moins à celle de Lequimpois qui se tenait sur le palier, une valise de carton bouilli posée entre les jambes.

– Que se passe-t-il ?

Sans attendre la réponse, il regagna son lit en bâillant et Bazooka suivit. Dans sa grosse main, sa valise minuscule était un bagage de poupée.

Allongé près de Coline, Iossip beugla.

– Bon Dieu, fermez la porte ! À moins que vous n'ayez l'intention de régler la note de chauffage ?

Lequimpois obtempéra. Lorsqu'il revint sur ses pas, il constata que Coline, maintenant réveillée, lorgnait la valise d'un air inquiet.

– Vous allez où, ainsi ? s'enquit-elle d'une voix engourdie.

– Ici.

Coline regarda Iossip. Iossip regarda Coline. Ensemble ils dirent :

– Ah !

– Ben oui, précisa Bazooka, je n'ai ni femme ni enfant, plus de bureau, sans doute bientôt plus de boulot et mon appartement me porte sur le système. Et, vu la masse des *Courrier Bourguignon* – il balaya la pièce d'un geste négligent de la main –, mon aide est indispensable.

– Certes, admit Iossip avec embarras, mais c'est un peu petit… Où dormirez-vous ?

Jérôme Lequimpois se racla la gorge.

– Coline n'utilise pas le lit de camp, impossible de prétendre le contraire ! D'ailleurs, si je débarque à six heures du matin, c'est parce que je prévoyais l'argument.

Iossip et Coline rougirent comme deux enfants qui échangent leur premier baiser.

– Et, rassurez-vous, je n'ai nullement l'intention de briser vos amours. Je ne m'incrusterai pas. Juste le temps de dépouiller la collection complète des *Courrier,* de renifler la piste qui nous permettra de coffrer ce salaud.

Il hésita, se mordit la lèvre.

– Aidez-moi à virer les deux merdeux de la P.J. qui occupent mon bureau et je déguerpis sur-le-champ.

C'est ainsi que Bazooka s'installa, comme troisième occupant, dans l'appartement de Iossip Martin.

Coline, mi-figue, mi-raisin, apposa à l'extérieur, dans le couloir, un écriteau que Lequimpois fit mine de ne pas comprendre :

Complet !

Pourtant, ils se mirent au travail dès le premier jour. Ils établirent un bilan des maigres indices dont ils disposaient. Les trois victimes siégeaient au conseil d'administration du lycée. Elles avaient fait leurs études dans cet établissement, qui plus est, dans la même classe de troisième moderne deux.

– N'empêche que les enquêteurs de la P.J. ont raison, concéda Coline, l'argument est insuffisant. L'assassin peut être effectivement un des vingt mille lycéens qui ont fréquenté l'école.

– Peu importe, trancha Lequimpois, en avertissant les anciens élèves de troisième moderne deux, on prend une précaution supplémentaire. Comment joindre rapidement le groupe qui figure sur la photographie ?

Iossip songeait au Retidron. Il n'informerait pas Bazooka. Pas encore. Une intuition l'avertissait qu'il détenait là une clé essentielle de l'énigme.

– Demain, le *Courrier Bourguignon* publiera la photographie de la classe de troisième. Lénorde est aux anges. Il me presse d'écrire article sur article. L'affaire devient si explosive que les pressions, d'où qu'elles viennent, demeurent maintenant sans effet. Les anciens élèves qui habitent la région se reconnaîtront dans le journal et je suppose qu'ils agiront en conséquence.

– Bon, résumons, proposa Coline. Il apparaît évident que le lycée est le nœud central de ces crimes. Si le « Fou aux Citations » a choisi de tuer mon père... de... de tuer papa dans la salle du conseil d'administration, peut-être est-ce parce qu'il pensait signer symboliquement son acte ? Mais pourquoi les citations littéraires ?

Le point restait obscur. Seule la folie, la présomption maniaque d'un admirateur de la littérature étaient une ébauche d'explication. Tout ceci ne faisait guère avancer l'enquête. Ne subsistait que la certitude têtue de Iossip : malgré le scepticisme de Coline et de Lequimpois, il affirmait avoir lu le nom de Titus dans un article du *Courrier Bourguignon*.

Ils se partagèrent les piles de journaux. Iossip dépouillait l'année 1973. Lequimpois, 1974. Coline, près de l'écœurement, feuilletait 1975. Le bruissement permanent du papier froissé était agaçant. De temps à autre, Iossip encourageait la jeune fille. Il profitait de ces interruptions pour dérober quelques baisers, mais la fâcheuse présence de Lequimpois accroissait son envie de solitude. Il retournait alors au monceau de *Courrier*. Bientôt, son regard se fixait sur Coline, à genoux, dont les longs cheveux tombaient en pluie de chaque côté du visage.

Les journées se succédèrent ainsi, pleines de cet ennuyeux travail de fourmi. Ils regrettaient à peine cette vie de reclus. À l'extérieur, le brouillard permanent engendrait la morosité des habitants de C..., persuadés que le doigt du diable était pointé sur leur ville. Comment expliquer autrement trois crimes et quatre mois de pourriture opaque ?

134

À mesure que le temps coulait, les menaces du « Fou aux Citations » s'estompaient. *Lisez donc Rimbaud, pour la prochaine fois.* Chaque jour sans drame ranimait l'espoir. Il n'y aurait pas de prochaine fois. Peut-être.

Cependant, la révolte de Coline était intacte. Une seule fois avait suffi. La première. Un soir de bal, le cours de son existence s'était incurvé. À jamais. Et le « Fou aux Citations » paierait pour ce bal tragique. Elle feuilletait les journaux de janvier 1976. Travail fastidieux de lecture rapide des titres. Enregistrer. Éliminer aussitôt parce que le numéro suivant requiert déjà l'attention.

Dès que sa volonté s'émoussait, elle cherchait le regard de Iossip. Les mots n'étaient pas nécessaires. C'était comme si un invisible lien les amarrait l'un à l'autre. Si l'amour de Iossip était un réconfort, il effrayait aussi Coline. Le jeune homme vivait là sa première aventure sentimentale et il était comme un volcan en éruption.

Courrier Bourguignon du 14 juillet 1976. Titre : *La situation des Pieds-Noirs à l'ordre du jour du Conseil des Ministres.* Première page : *Un pont s'effondre au passage du car, dix morts.* Les joies et les misères du monde défilaient devant les yeux de Coline sans qu'elle éprouve la moindre émotion. Que subsistait-il de tant de drames, de souffrances, d'espoirs ou de joies ? Rien. Rien que des titres jaunis dans des journaux au papier défraîchi.

Pages intérieures : *La médaille du travail remise à monsieur Thévenin récompense quarante années de bons et loyaux services. Monsieur le Maire de C... inaugure les nouveaux escaliers de l'église. Championnat départemental de quilles : bonne tenue de nos poulains.*

Nouvelles fanées. Nouvelles dérisoires.

Titus.

Le mot figurait en caractères semi-gras, dans l'en-tête d'un article. Le cœur de Coline eut un soubresaut douloureux. Elle porta la main à la poitrine. Sa vue brouillée ne discernait qu'un flou cotonneux qui balayait la page du *Courrier Bourguignon.* Elle murmura :

– Iossip, Jérôme... Iossip, vite.

Elle était décomposée. Les deux hommes eurent une peur atroce.

Il réduisit l'intensité de l'éclairage. Pourtant le cercle de lumière blafarde centré sur la page du livre brûlait encore la rétine. L'insupportable douleur taraudait le crâne au point qu'il en aurait hurlé. Il absorba trois comprimés de Retidron sans eau, puis découvrit la plaquette

136

vide. Il s'affola à l'idée qu'il pourrait en manquer. Il ne restait qu'une dizaine de boîtes dans l'armoire à pharmacie et il n'était évidemment pas question d'entreprendre un voyage – même éclair – aux États-Unis. Pas maintenant. Pas si près du but.

Il chercha à fixer son attention. Un beau texte calmerait la violence des élancements. Or, *Ophélie* était le poème de Rimbaud qu'il préférait. Il déroula les phrases comme une caresse. On aurait dit que le murmure sensuel s'adressait à une femme aimée.

C'est que la voix des mers folles, immense râle,
Brisait ton sein d'enfant, trop humain et trop
                                    [doux;
C'est qu'un matin d'avril, un beau cavalier pâle,
    Un pauvre fou, s'assit muet à tes genoux!
Ciel! Amour! Liberté! Quel rêve, ô pauvre folle!
    Tu te fondais à lui comme une neige au feu;
    Tes grandes visions étranglaient ta parole
    Et l'Infini terrible effara ton œil bleu!

Et l'Infini terrible effara ton œil bleu. Une grimace de douleur – un sourire? – étira sa lèvre inférieure. Malgré ses efforts, il sentit le trou noir du passé l'engloutir. Il lutta, repoussa les images du souvenir, mais une délectation masochiste le ramenait au texte de Rimbaud et sa mémoire plongeait vingt-cinq années en arrière.

— Henri Lagorce, étudiez pour vos camarades la valeur suggestive des sons dans les vers de la première strophe.

— Je peux pas, m'sieur, j'ignore ce que signifie suggestif.

— Suggestif... dites ce que cela évoque... ce que vous imaginez, ce que les images de Rimbaud créent dans votre subconscient.

— Ah, d'accord ! Ophélie « couchée en ses longs voiles »... euh... j'crois qu'elle attend un mec, m'sieur et qu'elle est à peu près nue, quoi.

Il s'était aussitôt raidi. Cela commençait toujours ainsi. La vulgarité stupide de potaches boutonneux. Mais, au lieu de céder, une fois de plus il avait tenté le diable. Il détestait Henri Lagorce, fils d'un médecin pète-sec qui, à quinze ans, avait hérité de son père une suffisance écœurante de gamin gâté.

— Lagorce, vous êtes un imbécile, sortez !

La stupeur avait marqué les visages de la classe de troisième. Grappin faisait preuve d'autorité ! Grappin sévissait ! Bien entendu, les cinq n'avaient pas toléré la résistance de leur professeur de français. Talard, le premier, était venu au secours de son copain Lagorce.

— Y vous a rien fait, m'sieur, y voulait juste rigoler.

Et Bidart, Bidart qui affectait un parler précieux parce qu'il aimait se démarquer de ses camarades, Bidart qui maniait une logique douteuse mais efficace.

– Monsieur Grappin, il me semble que vous sollicitiez l'avis d'Henri ? Les images du subconscient, disiez-vous. Si vous le punissez parce qu'il s'exprime franchement, comment espérez-vous obtenir de nous autre chose que des silences ?

La salle ricanait. Trente-cinq ricanements odieux. Trente-cinq insultes à Rimbaud.

Alors, Fred Ascore avait libéré les souris. Il ne l'avait pas vu mais il était certain que c'était lui. Une douzaine de souris blanches qui couraient, éperdues, à travers la classe. Le fou rire. Des élèves, faussement effarouchés, grimpaient sur les chaises, les tables.

– M'sieur, m'sieur, j'ai peur, faites quelque chose !

Ils hurlaient. Riaient. L'émeute.

Le sac rebondi aux pieds d'Henri Lagorce. Il aurait dû se méfier. Pourquoi n'avait-il compris que lorsque le chat avait jailli du coin où se trouvait Lagorce ? Le matou, terrorisé, délaissait les souris et sautait de table en table.

Une bacchanale épouvantable.

Son corps contracté s'adossait au tableau noir. Muscles tétanisés. Et l'irrépressible grincement de ses dents qui accompagnait toujours ces moments de chahut. Momie bouffonne, il s'était offert en pâture jusqu'à ce que le proviseur alerté intervienne.

Ensuite… Ensuite, ultime humiliation, à sa demande s'était tenu le conseil de discipline.

– Monsieur Grappin, vous avez la parole, avait dit le proviseur, l'œil sévère.

Il avait raconté. Dû déballer les turpitudes dont il était victime depuis quatre mois. Quatre mois seulement d'enseignement. À mesure qu'il parlait, il percevait l'hostilité grandissante du conseil de discipline. Certains dissimulaient à peine leur sourire. D'autres affichaient ouvertement leur mépris.

– … c'est pourquoi je demande l'exclusion de cinq élèves de la classe de troisième moderne deux : Laurent Talard, Fred Ascore, Luc Bidart, Henri Lagorce et Jérôme Lequimpois.

Le père d'Henri Lagorce avait bondi. D'une voix sèche, qui sifflait entre des lèvres en lame de couteau, il avait jeté :

– Monsieur Grappin, vous déshonorez votre profession. Qui plus est, vous abîmez nos enfants.

Tout s'était précipité. Suspendu de ses fonctions d'abord. Puis radié de l'Éducation nationale. Les membres du conseil de discipline disposaient d'appuis efficaces.

Pendant plusieurs semaines, endurant le discrédit, il avait poursuivi sa vie ordinaire, occupation professionnelle en moins. Faire les courses. Marcher dans les rues. Pratiquer le tennis au club ou la natation à la piscine.

Bien sûr, il y avait les sarcasmes des enfants dans la rue. Après tout, cela ne changeait guère. Plus insupportables étaient les regards ironiques des adultes. Parfois leurs insultes.

– Bah, ça vous fait des vacances plus longues qu'à l'habitude, avait dit un père d'élève rencontré chez le boucher. Dans l'enseignement, les vacances, vous connaissez...

– Bien vrai que la littérature ne sert pas à grand-chose, sans vouloir vous vexer, avait lancé sournoisement une dame très élégante qui choisissait avec soin ses fruits dans un rayon du magasin. Enseignez donc les mathématiques, au moins là les gosses vous écouteront au lieu de vous marcher sur les pieds.

Les imbéciles ! Sinistres imbéciles que n'atteindrait jamais la beauté des mots.

Il ferma son Rimbaud. Les souvenirs déchiraient son cerveau d'éclairs fulgurants, comme des flashs d'appareil photographique. Les flammes de l'incendie. Sa maison qui brûlait. Les vastes lueurs orange qui embrasaient le ciel et qu'il apercevait depuis la colline, discret poste d'observation situé à deux kilomètres. Depuis ce jour, il ne supportait plus les clartés vives.

Commettre son premier meurtre avait été une terrible épreuve. Certes, il haïssait le répugnant clochard qui cuvait son vin dans les fossés des environs de C... De là à le tuer. Et pourtant...

Puis l'oubli était venu. Il était parti en Afrique afin de faire rapidement fortune. Les habitants de C... s'étaient empressés de rayer de leur mémoire le bref passage d'Antoine Grappin dans leur ville.

Ils paieraient.

Il avait attendu vingt-cinq ans. Maintenant, le but était proche. Henri Lagorce, d'abord. Puis Jérôme Lequimpois. Après, il serait enfin libre.

Henri Lagorce qui avait libéré le chat, en pleine explication d'*Ophélie* de Rimbaud.

Et l'Infini terrible effara ton œil bleu.

Son rire de crécelle se déclencha soudainement. Son corps maigre s'agitait de soubresauts convulsifs, mais son visage demeurait immobile et ce rire sans joie était effroyable.

Il se leva, éclaira mieux la pièce. Ses yeux clignèrent. Il avait l'impression que la lumière accentuait les tiraillements de la peau. Il eut beau se masser le cuir chevelu, les picotements persistèrent.

Il tournait autour de la table. Pour la dixième fois, il étudiait son plan, cherchant la faille. Il n'en décelait aucune. Il ne sentait pas l'atroce odeur de renfermé, ne remarquait pas la poussière qui salissait tout. Il se mit à parler à voix haute :

– Le poids lourd ne posera aucun problème, je n'aurai que l'embarras du choix.

142

Il gloussa en songeant aux imposants camions-citernes alignés dans la cour des fromageries l'*Époisses de Bourgogne*. Ils étaient des jouets comparés aux mastodontes africains avec lesquels il sortait les grumes d'acajou de la forêt.

– Mais si on me reconnaît conduisant l'engin, je suis fichu !

Une ombre féroce assombrit son visage anguleux. Ses yeux gris brillaient comme si une forte fièvre consumait son corps efflanqué.

– Non… non, pas avant Jérôme Lequimpois, murmura-t-il. Impossible de courir ce risque.

Finalement, las de sa ronde d'animal en cage, il se laissa tomber sur une chaise. Il devrait prendre le risque d'être identifié au volant du véhicule. Il raccourcirait le trajet. Tout se jouerait sur une distance n'excédant pas trois kilomètres. Lagorce traversait une de ses crises de dépression. Déjà la veille, il l'avait suivi, délaissant la B.M.W. au sommet de la côte d'Urcy.

Il prit l'habituelle carte lettre, décapuchonna lentement son stylo. Il le fit glisser entre ses doigts, appréciant le doux contact du métal émaillé. Sa vengeance serait aussi lisse que l'impeccable matériau.

Alors, il inscrivit la phrase. En belles lettres rondes et régulières alors que son écriture habituelle, hachée de jambages hystériques, griffait les mots.

Et l'Infini terrible effara ton œil bleu.

Il souffla sur le carton afin de sécher l'encre. Ses maux de tête s'estompaient.

Il consulterait le docteur Lagorce dans l'après-midi. Pour une réelle sciatique. La B.M.W. serait dans la cour.

La photo montrait les restes d'une bâtisse aux murs calcinés. Le cliché était de mauvaise qualité.

Ils n'avaient d'yeux que pour le nom de Titus qui apparaissait sous le titre de l'article :

SUICIDE À C...

Ils ne se décidaient pas à lire tant l'émotion les bouleversait.

– Lis lentement, murmura Iossip.

Coline ferma les yeux un instant. Lorsqu'elle débuta le texte, la voix était claire et résolue.

Suicide à C... Hélas, lorsque la police locale et le proviseur du lycée de C... ont pris connaissance de la lettre qui figurait dans leur courrier, il était trop tard. Ainsi qu'il en avertissait ses correspondants, Antoine Grappin, que ses élèves surnommaient Titus, avait mis fin à ses jours.

Coline s'arrêta, effondrée.

– C'était trop beau !

– Poursuivez ! ordonna Lequimpois.

Dès l'aube, la caserne de pompiers de C... répondait à une alerte à l'incendie. Rapidement sur les lieux, les soldats du feu n'en demeuraient pas moins impuissants. La maison brûlait comme une torche. L'enquête devait démontrer que le malheureux incendiaire – unique victime du drame – avait répandu des dizaines de litres d'essence, de la cave au grenier. Complètement ravagé, le pavillon n'offre plus maintenant que des murs noirâtres aux regards des curieux. Quant au propriétaire, Antoine Grappin... nous refusons d'évoquer ici le spectacle qui attendait les pompiers... Une enquête est en cours. Nous sommes cependant en mesure d'apporter quelques précisions. Professeur de français au lycée, nommé il y a quelques mois seulement, M. Grappin avait mesuré la difficulté d'un métier qui ne tolère que des caractères fortement trempés. Sans doute son amour irraisonné de la littérature n'était-il pas une arme suffisante ?

Quoi qu'il en soit, et pour des raisons qu'il ne nous appartient pas de dévoiler ici, radié de l'Éducation nationale, Antoine Grappin se retira dans sa modeste maison. D'après ses voisins, il acceptait mal son échec et était déprimé. Il a donc choisi de mettre fin à ses jours. Tous les habitants de C..., qui appréciaient son immense culture, regretteront le geste de désespoir de... Titus.

De la kitchenette, parvenait le « bang » assourdissant de gouttelettes qui chutaient dans l'évier. C'étaient de véritables détonations mettant les nerfs à vif.

– Terribles coïncidences, n'est-ce pas Bazooka ? dit Iossip.

Jérôme Lequimpois relisait l'article du *Courrier Bourguignon*. Ses lèvres bougeaient comme celles d'un enfant qui ânonne. Au fil de sa lecture, ses joues pâlissaient. Iossip tapota son épaule.

– Oh, commissaire, redescendez sur terre !

– Maintenant, je me souviens, annonça Lequimpois, la voix blanche. Titus était le professeur de français de la troisième moderne deux.

Il ne s'adressait à personne en particulier, mais se racontait un passé qui jaillissait soudain à sa mémoire.

– Nous le chahutions d'une façon ignoble parce qu'il vivait sur son nuage et était incapable d'affronter notre classe de petits voyous. Il était nerveusement fragile et se conduisait parfois de façon étrange.

Jérôme Lequimpois eut un sourire contraint.

– Quelques-uns d'entre nous se montraient particulièrement odieux. Moi le premier.

– Qui d'autre ? demanda Coline.

– Ton père… oui, ton père.

– Papa ! Impossible… il est… il était…

– Nous étions des adolescents, plaida Lequimpois. Il y avait aussi Fred Ascore, Henri Lagorce.

À mesure qu'il disait les noms, un profond malaise s'installait.

– Luc Bidart appartenait à ce groupe ? insinua Iossip.

– Oui… oui, Luc aussi… Comme je ne figurais pas sur la photographie de la classe de troisième, je n'ai jamais fait le rapprochement entre nos cinq noms.

– C'est incroyable ! bafouilla Coline. Que s'est-il donc passé dans ce lycée ?

Jérôme Lequimpois raconta. Jusqu'à la découverte de l'article, il avait tout oublié, mais, peu à peu, la vérité se recomposait, les plages d'ombre s'estompaient.

– À la suite d'un conseil de discipline réuni dans le but de sanctionner le groupe d'affreux jojos que nous étions, Titus a été chassé du lycée…

Le regard de Bazooka errait autour de la pièce comme s'il refusait la confrontation.

– Curieux conseil de discipline, admit-il enfin. Le père de Lagorce, le père de Bidart et… et ton grand-père, Coline, siégeaient en tant que notables et jugeaient donc les turpitudes de leurs propres enfants ! Une étrange conception de la justice !

Coline ouvrit le réfrigérateur, sortit deux bouteilles de bière qu'elle offrit à ses compagnons.

– En quel honneur ? s'étonna Iossip.

La jeune fille, au visage glacé comme un marbre, serrait le poing droit.

– Il est là, dans le creux de ma main !

– Qui ?

– L'assassin !

Iossip et Lequimpois protestèrent d'une même voix :

– Titus est mort !

– Depuis un quart de siècle ! ajouta Lequimpois. J'avoue qu'un instant, la coïncidence m'a aussi bouleversé. Titus. Un professeur de lettres. Une vengeance, donc un mobile. La classe de troisième moderne deux. Trois noms, trois visages sur la photographie... Heureusement pour Lagorce et moi que ce Titus est mort !

Coline s'entêta.

– La clé du mystère est là ! D'accord, Titus est mort, mais enfin ouvrez les yeux ! Trop de choses sont troublantes. Un pressentiment m'avertit qu'il faut creuser cette piste.

– Ah bon, si Coline a un pressentiment, ironisa Lequimpois.

La jeune fille tendit soudain la main.

– Iossip, donne-moi la clé du garage.

– Pourquoi ? Qu'est-ce qui te prend ?

– Les affaires rassemblées par miss Barlin y sont entreposées ?

– Oui... les paperasses que tu désirais conserver, mais que tu refuses de trier.

148

– Donne !

Iossip obtempéra. Lorsque Coline eut disparu, Lequimpois constata :

– Quelle énergie ! Elle sait ce qu'elle veut ! Vous qui êtes plutôt nonchalant, il va falloir suivre le rythme.

Iossip rosit.

– Je suivrai.

– C'est vrai qu'elle est si belle ! concéda Lequimpois.

Il termina sa bière, gratta pensivement l'étiquette de la bouteille vide.

– Si vous l'aimez, surtout ne la laissez pas partir. Ruminez les conseils de l'idiot qui vous parle.

Iossip ne savait que dire. À tout hasard, il proposa une seconde bière.

– Non, merci. La bière… bof, elle évite durant dix minutes de songer aux occasions perdues.

La mélancolie du commissaire gagnait Iossip.

– Oui, j'aime Coline. Il y a quelques semaines encore, je pensais rester à jamais le journaliste des chiens écrasés. Puis Coline a déboulé dans ma vie. Un jour, vous aussi…

Jérôme Lequimpois soupira. Il fit quelques pas, au hasard des obstacles qui parsemaient les lieux. Sa tête frôlait la suspension, une simple boule de papier blanc que salissaient des chiures de mouches. D'une pichenette, il imprima un balancement à la lanterne vénitienne.

– Non, je demeurerai un éternel solitaire. Comme cette boule, je suis incapable de me fixer un but. N'empêche... votre bonheur me rend jaloux.

Ils se turent. Entre eux se glissait le fantôme de Myriam et Iossip savait qu'il est des combats perdus d'avance. La porte de l'appartement s'ouvrit à toute volée. Le visage en feu, Coline se rua dans la pièce.

– Regardez !

Elle brandissait un volumineux cahier, à la couverture épaisse faite d'un carton noir toilé. Au centre, une grossière étiquette qui se décollait. Trois lignes, calligraphiées à la plume, d'une encre violette délavée.

Laurent Talard
Classe de troisième moderne 2
Cahier de français (Textes)

– Regardez ! répéta Coline.

Elle ouvrit le cahier à son premier tiers. Leurs yeux déchiffrèrent en même temps l'écriture appliquée et désuète.

Recopier. Apprendre par cœur la tirade de Titus.
Bérénice. Acte IV. Scène IV.

Hé bien, Titus, que viens-tu faire ?
Bérénice t'attend...

150

Suivait le texte entier, mais le premier vers de la récitation était comme un coup en plein plexus solaire.

– C'est dingue ! reconnut Iossip.

– Du calme ! renâcla Lequimpois. Tous les potaches de France étudient Racine, il n'y a pas de quoi s'exciter.

Il se mentait à lui-même et le savait. Même dans une carrière aussi terne que la sienne, l'intuition du policier qui touche au but existait.

– Et là, hasard encore ? s'emporta Coline.

Le cahier, feuilleté, s'ouvrait à une autre page.

Ronsard. Mignonne, allons voir si la rose.
Recopier le poème, l'apprendre par cœur.

Le doigt de Coline soulignait chaque vers. À mesure qu'il avançait, il ralentissait sa glisse. Bientôt, l'index s'immobilisa.

Cueillez, cueillez votre jeunesse.

– Prodigieux ! dit Iossip. Mon cher Bazooka, il semble que l'inspecteur Coline Talard ait mis dans le mille ! Commissaire, le temps du recyclage...

– Oh, ça va ! éluda Lequimpois.

Il prit brutalement le cahier des mains de Coline. Il cherchait avec fébrilité, froissant les pages et, soudain, il jeta un juron écœuré.

– Merde ! Écoutez ça ! *Flaubert. La mort de Madame Bovary. Recopier les lignes 48 à 82. Apprendre par cœur.*

Lequimpois baissa le ton. Il regarda autour de lui comme s'il redoutait d'y découvrir le fantôme de Titus.

– Écoutez la suite : « *Parle ! Qu'as-tu mangé ? Réponds, au nom du ciel !* » *Et il la regardait avec des yeux d'une tendresse comme elle n'en avait jamais vue.*

« *Eh bien, là… là…* » *dit-elle d'une voix défaillante. Il bondit au secrétaire, brisa le cachet et lut tout haut :* « *Qu'on n'accuse personne…* »

Il s'arrêta, se passa la main sur les yeux, et relut. « *Comment !… Au secours ! À moi !* »

ET IL NE POUVAIT QUE RÉPÉTER CE MOT : EMPOISONNÉE, EMPOISONNÉE !

La voix de Jérôme Lequimpois expira sur les deux derniers mots.

– Enfin, c'est une histoire abracadabrante ! s'emporta Iossip. Réveillons-nous ! Le type est mort ! MORT ! Depuis vingt-cinq ans ! Comment serait-il l'assassin ?

– Et s'il était vivant ? dit doucement Coline. Dans ce cas, Lequimpois et Lagorce deviendraient des victimes potentielles !

– Pas si vite ! s'étrangla Lequimpois.

– N'oubliez pas que vous avez déjà reçu un message du « Fou aux Citations ».

Iossip se martelait le front de la paume de la main.

– Parfait ! J'accepte tout, même l'inacceptable que propose Coline. Le « Fou aux Citations » et Titus ne forment qu'une seule et même personne. Grâce à je ne sais quel miracle, Titus est vivant. Il se venge du passé et élimine ses anciens élèves. Mais – et là, je torpille la belle théorie de Coline – des centaines de personnes à C… reconnaîtraient ce type. Le jour du bal, le lycée était bondé d'anciens élèves…

– Après vingt-cinq ans, est-ce évident ? rétorqua Lequimpois. D'ailleurs, puisque l'hypothèse de Coline est démente, pourquoi ne pas ajouter à l'extravagance ? Titus, après un faux suicide, subit une opération de chirurgie esthétique et réapparaît vingt-cinq ans…

Le cœur de Iossip Martin cessa de battre. Il ne voyait plus ni Lequimpois, ni Coline. Il était dans le cabinet du docteur Lagorce dont il entendait la voix cinglante : « Le Retidron est employé aux États-Unis afin de soulager les patients lors de séquelles postopératoires. »

Iossip bredouilla un mot incompréhensible.

– Que dites-vous ? dit sèchement Bazooka.

– Le Retidron… les cachets de Retidron… Titus est vivant ! gémit Iossip.

Malgré le brouillard épais, il conduisait le camion avec une grande dextérité. Il avait opéré tant de repérages qu'il connaissait la nationale 305 presque mètre par mètre. Grâce à la brouillasse gluante, s'emparer du véhicule avait été d'une facilité déconcertante.

Il pouffa. Il s'était offert le luxe du choix ! Choix de la banquette la moins déglinguée et choix de l'indicatif C.B. ! Léopard Rouge ! Le chauffeur qui optait pour un tel indicatif était sûrement un poète. Décidément, il bénéficiait d'une chance inouïe. Avec le brouillard, personne ne l'identifierait. Quant à Lagorce, il adorait ce genre de temps qui accroissait les risques et excitait ses talents de conducteur.

Tout était parfait. Même ses maux de tête avaient momentanément pris congé.

Pourtant, le matin, le scénario si minutieusement élaboré avait failli capoter. La B.M.W. était au garage. Il avait dû ruser. Lagorce, en pleine crise, avait expédié la consultation.

– Cher ami, je vous ai dit maintes fois que vos douleurs sont le fait d'un disque vertébral écrasé. Seule l'opération vous soulagerait de façon durable.

Comprimés de Voltarène. Comprimés contre la douleur (appréciables lorsque le Retidron manquait !). Depuis dix ans, il récoltait une ordonnance identique.

– Puisque nous parlons de dos en capilotade…
je désire changer ma voiture et je pense acheter
une B.M.W. Je me demande si au niveau du
confort…

– Impeccable !

Le regard éteint de Lagorce s'était éclairé.
Durant quelques minutes, pris de passion, il
avait vanté les mérites de B.M.W. mieux
qu'un vendeur de la marque ne l'aurait fait.
Coupant l'enthousiasme du toubib, il avait
demandé :

– Si j'osais… m'installer au volant afin de
tester la position…

Ensuite… Glisser le message dans la boîte à
gants était si facile…

La descente de la côte d'Urcy était dangereuse. Il décéléra, se maintint à trente kilomètres heure. La C.B. Ne pas oublier de
tester la C.B. Il avait le temps. Beaucoup de
temps.

L'embranchement s'amorçait au débouché
de la onzième courbe, la plus pentue, la plus
difficile à négocier.

Repérer le chemin forestier n'était pas évident. Il ralentit encore, faillit rater l'entrée de
la sommière que n'empruntaient que les gardes
des Eaux et Forêts. Il y avait à peine la place du
camion. Il gara l'engin, le positionna de façon
idéale.

La sommière traversait de part en part la forêt de Nonceil : six kilomètres de marche le ramèneraient à proximité des fromageries l'*Époisses de Bourgogne*. Là, il récupérerait son propre véhicule.

Maintenant, il fallait attendre. Lagorce n'entamerait pas sa ronde infernale avant une bonne heure. Il mit la radio. En sourdine. Yves Montand chantait.

Les feuilles mortes se ramassent à la pelle.
Tu vois, je n'ai pas oublié,
Les feuilles mortes se ramassent à la pelle.
Les souvenirs et les regrets aussi.

En quittant son domicile au volant de la B.M.W., Lagorce croisa la voiture bleu marine de la gendarmerie. Il reconnut Lequimpois, vit ses gestes désespérés et haussa les épaules.

– Commissaire ou pas, il consultera demain, comme les autres, maugréa-t-il en accélérant.

Il n'eut aucun remords. Les douleurs d'estomac du policier étaient psychosomatiques. Au fil des années, le célibat lui devenait insupportable.

Du fait du mauvais temps, la nationale 305 était déserte. Lagorce regrettait l'absence de circulation : la diminution des risques amoindrissait le défi et les occasions de narguer les chauffeurs de poids lourds, par l'intermédiaire de la C.B., seraient rares. Pourtant, l'intense désespoir qui laminait son âme et son corps réclamait plus que jamais un exutoire. Il aurait aimé être un loup. Hurler, hurler encore face au ciel. Pourquoi était-il ainsi ? Lagorce se sermonnait, mais pendant que son cerveau énumérait les raisons de vivre, ses mains broyaient le volant de la B.M.W.

– Tu es le meilleur médecin de la ville. Tu es riche. Tu possèdes la plus belle maison de la ville.

En contrepoint, un diable mauvais ajoutait :

– Tu n'as pas d'enfant. Tu es détesté de tous, y compris de ta propre femme. Tu n'aimes que toi.

Henri Lagorce écrasa l'accélérateur. La B.M.W. fit une embardée et accrocha le bas-côté. Il eut un rictus accompagné d'un ricanement.

– Tu ne m'auras pas ! Pas encore !

À nouveau, il accéléra. La B.M.W. déchirait le brouillard comme un éclair sombre. Lagorce réprima un frisson de plaisir. Il commençait à aller mieux. Dans moins de cinq minutes, il atteindrait le sommet de la côte d'Urcy.

La C.B. grésilla. « Tiens, je ne suis pas seul ? » Il amplifia le volume.

– Léopard Rouge appelle Alpha Tango. Alpha Tango répondez.

Lagorce faillit lâcher le volant. Qui appelait son indicatif ?

– Alpha Tango j'écoute. Qui êtes-vous Léopard Rouge ?

– Léopard Rouge. Peu importe pour l'instant. J'aimerais vous dire un poème.

– Alpha Tango. Êtes-vous dans un état normal ?

– Tout à fait, Alpha Tango. Connaissez-vous Rimbaud ? *Ophélie,* de Rimbaud ? Écoutez la huitième strophe :

Ciel ! Amour ! Liberté ! Quel rêve, ô pauvre folle !
Tu te fondais à lui comme une neige au feu ;
Tes grandes visions étranglaient ta parole
Et l'Infini terrible effara ton œil bleu !

Henri Lagorce eut l'impression désagréable de chuter dans un gouffre vertigineux.

– Qui… qui êtes-vous ?

La question était inutile. Il savait à l'avance la réponse.

– Je suis Léopard Rouge !

La C.B. transmit une sorte de caquètement de poule, puis reprit.

– Je suis Titus. Je roule derrière vous, Lagorce, à moins de cinq cents mètres. Dans deux minutes, je doublerai et vous logerai deux balles dans la peau.

– Mais… pourquoi… qui est Titus ?

158

– Ainsi, comme chez les autres, votre mémoire a gommé le passé. Titus ou, si vous préférez, Antoine Grappin, professeur de français d'une classe de cancres, en 1976. Souvenez-vous, Lagorce…

Titus ! Henri Lagorce revécut une scène brève. Des souris. Un chat. Une classe hurlant de rire.

– Vous ? Vous… vous êtes complètement fou… il y a vingt-cinq ans… calmez-vous, je… je suis docteur… vous êtes malade, la justice ne vous poursuivra pas…

– Imbécile, taisez-vous !

Le ton était coupant. Sous l'injure, Titus avait réagi, oubliant de travestir sa voix. Cette voix était familière… Était-ce possible…

– Imbécile, poursuivit Titus, songez donc à sauver votre peau. Et, quoique vous soyez un cuistre, méditez durant les quelques secondes qui vous restent à vivre, méditez les deux vers que prononce Hermione dans *Andromaque* :

Ma vengeance est perdue
S'il ignore en mourant que c'est moi qui le tue.

– Alpha Tango, vous m'entendez ? Ouvrez donc la boîte à gants de votre B.M.W., j'y ai déposé un message à votre intention.

Henri Lagorce avait coupé la C.B. Jamais Titus ne le rattraperait. Aujourd'hui, ses folies de conducteur suicidaire seraient utiles.

La côte d'Urcy s'amorçait. Qui pourrait descendre cette rampe, dans le brouillard, à quatre-vingts kilomètres-heure ? Sûrement pas Titus. Henri Lagorce accéléra encore. Lorsqu'il déboucha de la onzième courbe, c'est à peine s'il aperçut l'ombre du camion placé au travers de la route. Le choc était inévitable.

Ah, ça finira mal tout cela.
Ça me jouera un mauvais tour.

Il ne parvenait pas à croire à sa chance. Pourtant, l'affiche dégrafée subrepticement et étalée à ses pieds confirmait la réalité.

VILLE DE C...
SOIRÉE THÉÂTRALE ANNUELLE
LYCÉE CARNOT
MARDI 28 AVRIL 20 h 30
SALLE DES FÊTES DU LYCÉE
AU PROGRAMME : COURTELINE

Son corps décharné grelottait. Il avait encore perdu du poids au cours de ces longs mois de tension. Sa peau se grumelait de points gros comme des têtes d'épingles. Il n'avait pas froid. Au contraire, une délicieuse chaleur rampait le long de la colonne vertébrale, jusqu'à la nuque, irriguant tout son être d'un plaisir indicible.

C... offrait sur un plateau l'occasion tant attendue. Terrorisée après l'assassinat de Lagorce, C... semblait se précipiter d'elle-même au-devant du destin. Un peu comme si la ville, inconsciemment, cherchait à en finir en jetant l'ultime victime en pâture.

La pièce de théâtre était une aubaine inouïe. Le spectacle serait mauvais ! Comme chaque année d'ailleurs. Des potaches rigolards qui massacrent des textes splendides. Des parents émerveillés qui applaudissent à tout rompre leurs rejetons ignares. Le proviseur, les personnalités de C..., d'autres invités de marque, assistent sans broncher à la mise à mort de la littérature. Un rituel affligeant.

Cette année, le rituel serait sanglant.

La salle des fêtes était le lieu idéal. Il reprendrait le premier scénario, attirerait Lequimpois dans le local du conseil d'administration désert et, ainsi que Talard, l'exécuterait d'une balle de revolver.

La boucle serait bouclée, une vengeance parfaite qui débutait et finissait sur les lieux mêmes où tout avait commencé, quelque vingt-cinq ans auparavant.

Courteline.

Déjà, il pensait à la citation qui parapherait le dernier acte. Vraiment, le destin coopérait de façon admirable.

Il se revoyait, vingt-cinq ans plus tôt, dans sa classe, répétant les scènes que les élèves joueraient au spectacle annuel.

Il avait choisi Courteline. Oh, il n'aimait guère Courteline. Un faiseur médiocre, qui déclenchait les rires des soirées de patronage, mais la troisième moderne deux était incapable de jouer autre chose qu'un texte faible.

Et aujourd'hui, les élèves du lycée de C... s'apprêtaient à jouer Courteline ! C'était trop drôle. Pour rien au monde, il ne manquerait leur prestation. D'ailleurs, le proviseur enverrait une invitation officielle. Comme chaque année.

Il prit l'affiche, la punaisa au mur. Le rectangle de papier blanc, aux lettres sanguines, se détachait sur la tapisserie lépreuse. Les lettres rouges flamboyaient comme un avertissement.

Il avança jusqu'à la fenêtre. Sa marche était mal assurée. Depuis quelques jours, ses maux de tête ne lui laissaient aucun répit, il absorbait des quantités considérables de Retidron. Il était un drogué pris dans une spirale infernale. Il voulut voir la rue, entrouvrit les volets. Les rayons du soleil l'aveuglèrent. Il se força à rester là, accoudé à la fenêtre, en voyeur qui se repaît d'un spectacle illégitime, alors qu'il aurait suffi de parcourir les rues pour en jouir librement. La peau de son visage avait la teinte cireuse des insomniaques. La douleur imprimait ses rides profondes mais cette face ravagée avait quelque chose d'émouvant.

Il se retenait pour ne pas interpeller les promeneurs qui, deux étages plus bas, glissaient au long des trottoirs.

– Psst, c'est moi, le « Fou aux Citations » ! Moi Titus ! Souvenez-vous, il y a vingt-cinq ans, vous m'avez chassé de votre ville.

Mais il se contenta de le murmurer. Sa mission était inachevée. L'intensité du soleil l'irrita. Il claqua violemment le volet, se retrancha à nouveau dans l'ombre de son antre. Quel dommage que le brouillard ait disparu ! Depuis deux semaines, il s'était échappé, laissant place à un soleil printanier qui le dégoûtait. La lumière et la température adoucie égayaient les habitants de C… Elles favorisaient l'oubli. Déjà, le souvenir de Lagorce s'estompait.

Il raviverait bientôt leur mémoire. Une dernière fois. Il vérifia que l'encre alimentait la plume de son stylo. Le stylo offert par sa mère à l'occasion de son entrée en fonction en tant que professeur de lettres.

Son premier et dernier poste.

Ses doigts appréciaient l'épaisseur du carton. La boîte qui contenait les cartes lettres était maintenant vide. Lequimpois serait la cinquième et ultime victime. Lequimpois qui à quinze ans mesurait déjà un mètre quatre-vingts. Qui était musclé comme un athlète.

– Sortez, Lequimpois ! La finesse de Verlaine vous échappera à jamais !

Jérôme Lequimpois s'était dressé et avait caressé ses biceps de coq prétentieux. Les filles avaient ri.

– Combien vous pesez, m'sieur ?

Il s'était rassis. Et l'explication de Verlaine avait repris, ponctuée de glapissements, de rires et d'autres plaisanteries abjectes.

Il écrivit, plus lentement encore qu'à l'habitude, comme s'il regrettait de clore son jeu sanglant.

Ah, ça finira mal tout ça.
Ça me jouera un mauvais tour.

Que les deux « super-flics » de la P.J. eussent perdu de leur superbe ne suffisait pas à redonner le moral à Bazooka. Depuis l'assassinat de Lagorce – *Et l'Infini terrible effara ton œil bleu. Rimbaud !* –, la paranoïa du « Fou aux Citations » ne faisait plus aucun doute. L'hypothèse que Titus et Antoine Grappin n'étaient qu'une seule et même personne s'affermissait chaque jour davantage, et les Maigret de la P.J. saluaient désormais Bazooka avec moins de condescendance.

– Possible après tout… Dans ce fichu métier, on voit n'importe quoi, admit l'inspecteur Sortelet.

Puis, avec fiel, il avait ajouté :

– Votre flair de flic de campagne vous conduira peut-être jusqu'à la niche de cet... Antoine Grappin... Titus... on ne sait pas très bien.

– Qui sait ? J'ai l'impression que je ne tarderai pas à récupérer mon bureau !

Les deux hommes en étaient restés là. Depuis l'entrevue orageuse, Lequimpois se terrait dans l'appartement de Iossip Martin. Il le quittait brièvement, aux heures des repas, afin d'engloutir dans un café quelques sandwichs noyés de bière anglaise. Entre deux bouchées, persuadé que la mort rôdait à ses trousses, il épiait les clients, à la recherche des traits d'Antoine Grappin.

Maintenant, il se remémorait clairement le passé. Dès que Coline ou Iossip pénétraient dans l'appartement, il ravivait la plaie ancienne.

– Grappin vivait l'enfer, certes, mais déjà il était fou. Lors des chahuts, il se raidissait, ses dents grinçaient, il devenait méconnaissable, une sorte de statue grimaçante qui nous effrayait, même si nous n'osions l'avouer.

Coline plongeait ses yeux d'un vert immense dans ceux de Bazooka.

– Sans doute... vous vous conduisiez cependant comme des voyous... jamais je n'aurais pensé que papa... Vous ne vous rendiez pas compte que vous détruisiez cet homme psychiquement vulnérable ?

Bazooka bredouillait. Les souvenirs provoquaient des bouffées de remords qui mouchetaient ses joues de taches écarlates. Très vite, l'angoisse reprenait le dessus.

– Tout est à craindre d'un paranoïaque. Il poursuit une vengeance systématique et j'appartenais à la bande.

Iossip conservait son calme. Entre deux passages au *Courrier Bourguignon,* il tranquillisait Bazooka.

– Il ne s'attaquera pas à un flic ! Titus se doute que vous êtes extrêmement protégé. D'ailleurs, l'assassinat de Lagorce date d'il y a un mois et rien ne se produit.

Lequimpois bénéficiait effectivement d'une protection rapprochée que Sortelet avait mise en place non sans ricaner. Chaque déplacement du commissaire était contrôlé, deux agents surveillaient en permanence l'appartement de Iossip.

Les événements se bousculaient. Devant la gravité des faits, Lénorde avait donné carte blanche à Iossip et, afin de l'encourager dans l'écriture d'articles fouillés, il l'avait bombardé rédacteur en chef du *Courrier Bourguignon.* Suprême faveur, le nouveau rédacteur en chef avait pu embaucher une secrétaire. Coline ! Le jeune couple recréait au journal l'intimité disparue de l'appartement. Le soir, jusqu'à une heure avancée de la nuit, le trio recommençait l'enquête, point par point, inlassablement. Coline et Iossip sollicitaient âprement la mémoire de Lequimpois.

– Comment était Antoine Grappin ? Gros ? Petit ? Beau ? Laid ?

– Je ne sais pas, hésitait Bazooka, cela est si vieux et nous n'avons eu Titus comme professeur que durant quelques mois.

Iossip avait recherché la trace des élèves figurant sur la photographie. Tâche longue et ingrate qui n'avait donné que de maigres résultats. Douze anciens élèves de la classe de troisième conservaient le souvenir de Titus, mais leurs témoignages étaient contradictoires.

Ils pataugeaient. Titus demeurait une ombre. Mais Titus lui, paraissait connaître chaque habitant de C... Les jours s'enchaînaient, dans l'attente.

Au cours d'un dîner morose qui les rassemblait autour d'assiettes au contenu tout aussi morose, Coline se laissa emporter par le découragement.

– Nous ramons depuis des semaines sans progresser d'un pouce. Titus n'existe que dans notre imagination.

Ils mâchonnaient en silence une omelette spongieuse. Ils songeaient aux quatre crimes, à la folie meurtrière de Titus. Iossip bâilla.

– À la fin du mois aura lieu la sempiternelle soirée théâtrale du lycée.

Il toisa Coline, fit un essai d'humour poussif.

– Compte tenu de mon rang de rédac-chef du premier et unique quotidien local, il m'est impossible de déroger en me rendant à une telle niaiserie. Ma secrétaire accepterait-elle donc de prendre la photo qui figurera dans le journal ?

– Très drôle ! grogna Jérôme Lequimpois, sans cesser de trier la partie comestible de son morceau d'omelette.

– J'attends ta réponse, secrétaire ?

Coline était immobile, bouche ouverte, couteau et fourchette brandis.

– Le théâtre au lycée ! Voilà la solution !

Ils cessèrent aussitôt de mâcher. Le regard de Coline brillait de fulgurances joyeuses. Elle repoussa sa chaise, se mit à arpenter nerveusement la pièce.

– À cette soirée théâtrale, Titus sera présent ! Le lycée, du théâtre et Lequimpois : tous les ingrédients nécessaires !

– Stop ! hurla Bazooka. Moi, je n'y vais pas !

Coline le fixa sévèrement.

– Oh, commissaire de police, pas de caprice ! En tant que notable de C…, chaque année vous honorez de votre présence et patati et patata… Cette année, a fortiori : vous êtes un appât de poids, si je puis dire.

Lequimpois souriait jaune.

– Quel est le scénario ? risqua Iossip. Et si Titus ne vient pas ?

– Il viendra ! trancha Coline. Il s'agit d'une occasion inespérée, d'autant plus que...

Elle ne termina pas sa phrase, fourragea dans un tiroir d'où elle extirpa le cahier de français qui avait appartenu à son père.

– D'autant plus que les affiches annoncent que les élèves joueront ça !

Elle montrait une double page, ornée d'un énorme titre calligraphié de belles lettres dessinées à l'encre de Chine.

SOIRÉE THÉÂTRALE DU 6 MAI 1976
LYCÉE CARNOT
Courteline.
Extraits de :
Boubouroche
Messieurs les Ronds-de-Cuir
Monsieur Badin
Répétitions au foyer, deux fois par semaine.

– Titus fait preuve d'un orgueil démesuré. Il méprise les habitants de C... et voudra d'autant mieux vérifier la nullité de la représentation qu'il y a vingt-cinq ans, il répétait les textes de Courteline avec la troisième moderne deux.

– Les élèves ne joueront pas Courteline ! protesta Lequimpois.

– Quelle importance ! Il suffira d'annoncer le changement de programme au début de la représentation. Je me charge de convaincre le proviseur d'établir de fausses affiches.

Coline trépignait. Face aux réticences de ses compagnons, elle martela :

– Il sera là, j'en suis certaine. Il sera là !

– Bon, d'accord, je suis le chevreau livré au lion. Vous m'attachez où ? glapit Jérôme Lequimpois.

– Nulle part. Vos amis policiers ne vous quittent pas de l'œil.

Iossip résolut de doucher la fougue de Coline avant qu'elle ne l'entraîne trop loin.

– Je t'en prie… nous désirons tous mettre la main sur l'assassin. Mais imagine que Titus soit effectivement présent et qu'il n'agisse pas. À quoi cette mise en scène nous aura-t-elle avancés ?

– Eh oui ! exulta Lequimpois, vaguement soulagé. Vous grimpez sur scène, annoncez : « Nous avons le plaisir de compter, parmi nos honorables spectateurs, Antoine Grappin, alias Titus. Si M. Grappin daignait lever la main afin que nous puissions l'identifier… »

La plaisanterie fit un flop. Coline serra le poing droit, comme elle l'avait fait une fois déjà. Une hostilité sans concession imprégnait tout son être.

« Mon Dieu, quelle haine, songea Iossip, combien faudra-t-il d'années pour l'effacer ? »

– Si Titus est présent dans la salle, avertit Coline, il est perdu ! Je sais comment le démasquer.

Les lumières s'éteignirent. Plongée dans l'obscurité, la salle des fêtes du lycée bourdonnait de conversations étouffées. Les rangées de spectateurs s'alignaient devant la scène. Les adultes d'un côté, les élèves de l'autre. Les vingt premiers sièges – des fauteuils de velours grenat au lieu de chaises inconfortables – étaient réservés aux officiels et aux diverses personnalités qui subventionnaient les activités culturelles de l'établissement.

Le rideau se leva.

Un long moment, la scène demeura vide, si bien qu'un murmure d'inquiétude ondula du côté des spectateurs adultes. La soirée débutait mal. Manque de préparation. De coordination. Chaque parent, dont le fils ou la fille tenait un rôle dans le spectacle, imagina le pire. Quelques sifflets fusèrent.

Le proviseur s'avança enfin, guidé par le cercle lumineux d'un projecteur.

– Mesdames et messieurs, chers élèves, des impératifs indépendants de notre volonté font que ce soir nous ne jouerons pas Courteline.

Rassurez-vous, vous ne perdrez pas au change, puisque nous l'avons remplacé par Jean Anouilh, Marcel Pagnol et Édouard Bourdet. Cependant, si présenter des extraits de ces trois auteurs sera agréable, en coulisse il nous faudra régler quelques petits problèmes techniques. C'est pourquoi, entre les différentes parties du spectacle, les enfants joueront à votre intention de courts sketchs, fruits de leur propre invention. Mesdames, messieurs, chers élèves, je vous souhaite une excellente soirée.

Il jouissait de chaque minute. La nullité du spectacle confortait ses a priori. De grands dadais de première écorchaient un texte de Bourdet qu'ils accompagnaient de gestes amples, de regards cabotins. Ils se croyaient déjà des vedettes. Dans l'ombre, leurs camarades gloussaient et se poussaient du coude.

À côté de lui, Jérôme Lequimpois suivait la pièce avec l'attention polie de l'invité qui veut plaire à ses hôtes.

Prendre place dans le fauteuil contigu s'était révélé très facile et maintenant, leurs deux coudes se frôlaient. Il jouissait de cette proximité. Chaque mouvement de Lequimpois le faisait tressaillir.

Par sécurité, il avala un cachet de Retidron. Une simple pression sur l'alvéole plastique dégagea le comprimé. Le geste était si familier qu'il l'accomplissait avec infiniment d'aisance et une discrétion absolue. À cause de l'obscurité, il distinguait à peine les spectateurs placés à deux ou trois mètres de lui. Des conditions idéales. Il patienterait jusqu'à l'entracte. Durant le quart d'heure de pause, la pagaille serait telle qu'attirer Lequimpois à l'écart, sous un quelconque prétexte, ne présenterait aucune difficulté.

Décidément, les habitants de C... faisaient preuve d'une bêtise exaspérante. La supériorité de son intelligence le déconcertait, elle émoussait aussi son plaisir. Lui revint à l'esprit la mise en garde célèbre de Corneille dans *Le Cid :*

À vaincre sans péril, on triomphe sans gloire !

Il eut un bref couinement amusé ; Lequimpois se détourna, vaguement réprobateur, puis reporta son attention sur la scène.

L'incident l'émoustilla. C'était le moment. Un frisson voluptueux picota sa colonne vertébrale. Sa main rampa jusqu'à la poche de sa veste, s'y glissa et se referma sur l'enveloppe contenant le carton. Hélas, la citation de Courteline ne correspondait plus à la situation. Changer le programme annoncé en disait long quant aux capacités des responsables !

À sa gauche, béait la poche de Lequimpois. Le danger ne venait pas du commissaire, penché vers l'avant et absorbé par la pièce de Bourdet, mais des spectateurs placés dans son dos.

Il ralentit encore le mouvement de sa main. Centimètre par centimètre. Une reptation d'escargot. Une fine transpiration humecta son front. Enfin, sa main parvint au-dessus de la poche de Jérôme Lequimpois. Il desserra les doigts.

La lettre disparut instantanément dans le trou noir du vêtement.

Iossip et Coline se tenaient par la main. Coline pressait si fort qu'elle faisait mal, mais Iossip acceptait la douleur avec joie. Les deux mains jointes étaient une promesse. Depuis les coulisses, ils apercevaient les premiers rangs de la salle. Ils discernaient aussi la silhouette de Jérôme Lequimpois.

– Tu penses qu'il est ici ? murmura Coline.

– Oui… je suis certain que ton plan fonctionnera, mais…

La jeune fille se blottit contre son épaule. Il s'enivra un instant du parfum de ses cheveux.

– … mais, poursuivit-il enfin, notre méthode est-elle digne ?

– Digne !

Coline fit un pas de côté. Aussitôt, Iossip s'en voulut d'avoir brisé la magie du moment.

– Digne ? Les assassinats de ce fou sont-ils dignes ? Papa...

Elle était très près des larmes, peinée par tant d'injustice et d'incompréhension.

– Tu as raison, je raconte des sottises. Quand tout sera terminé, quittons cette ville.

Comment avouer que l'assassin ne l'intéressait plus ? Qu'il n'avait pas une âme de policier ? Que tendre un traquenard chiffonnait sa conception de la morale ? Il ne le dirait pas. Jamais. La vie de Coline ne reprendrait un cours normal que lorsque l'assassin de son père dormirait en prison. Or, la vie de Coline était maintenant la sienne.

Dans la salle, il y eut des rires étouffés. Un acteur ignorait son texte.

– Tout est prêt ? demanda Coline.

– Oui. La P.J. a placé trois agents à proximité de Bazooka. Le lycée grouille de policiers. Si Titus tente un mauvais coup, il est cuit !

– Le proviseur a prévenu les élèves ?

– Pas tous. Seuls une trentaine d'entre eux, disséminés dans le public, joueront leur rôle. Le proviseur pense qu'il ne sera guère nécessaire d'encourager les autres. Il est furieux : le spectacle est fichu, son établissement ne se relèvera jamais du scandale.

Coline agrippa le bras de Iossip et, à travers son geste, sa tension et sa peur devenaient tangibles.

– Quand le piège se met-il en place ?

Iossip entrebâilla le rideau qui masquait la scène.

– Mesdames, messieurs, chers élèves, ainsi que je l'avais annoncé, les élèves de terminale présenteront d'ici quelques minutes des extraits d'*Antigone*, de Jean Anouilh.

Le proviseur toussota. Un sourire contraint ne parvenait pas à donner de la gaieté à ses propos.

– Quelques aménagements de décors en coulisse nous obligent à jouer devant vous un court intermède, imaginé par les élèves des classes de troisième. Vous, spectateurs, formerez une classe… une classe peu ordinaire, je l'avoue, mais je n'en dirai pas davantage.

Le proviseur s'éclipsa comme à regret. Dans les coulisses, il croisa Iossip, lâcha un soupir dégoûté.

– Oh mon Dieu, dans quelle galère m'embarquez-vous ?

Un adolescent grimé s'avança sur la scène. Une moustache qui pendouillait et une fausse calvitie étaient censées le transformer en adulte. Il marchait voûté, soufflait tel un vieillard cacochyme.

Il ouvrit un livre, se tourna vers la salle et chevrota :

– Aujourd'hui mes enfants, nous expliquerons *Le Pont Mirabeau*, poème de Guillaume Apollinaire. Pierre Balou, dites-moi à quel siècle a vécu Apollinaire ?

– Vingtième, m'sieur, lança une voix issue du deuxième ou troisième rang.

– Bien, bien mon petit Balou. Isabelle Dirlan, lisez le texte, je vous prie.

Dans la salle, une jeune fille se leva. Elle tenait une feuille qu'elle lut avec application.

Sous le Pont Mirabeau coule la Seine
Et nos amours.
Faut-il qu'il m'en souvienne
La joie venait toujours après la peine...

– Nul ! cria une voix.

– Poursuivez, poursuivez ! s'empressa « le professeur ».

Vienne la nuit, sonne l'heure
Les jours...

– Ras le bol d'Apollinaire ! jeta une autre voix.

– M'sieur, on peut jouer aux cartes ?

– On préférerait une histoire d'amour, m'sieur !

– Ouais, et croustillante, si possible !

Maintenant, les intervenants se répondaient des quatre coins de la salle des fêtes. Les phrases fusaient vite, sans hésitation ni cafouillage.

178

– La littérature est inutile, nous gâchons notre temps !

– À poil le prof !

– Sortez-le ! Lamentable !

– Ouh ! DE-HORS ! DE-HORS !

Une partie du public scolaire, soudain pris de folie, se mit à scander : DE-HORS ! qu'il alterna avec : À POIL ! sous les yeux scandalisés des adultes qui s'épiaient.

Puis, ce furent les boulettes de papier. Elles déferlèrent sur scène, en jets tendus et répétés. « Le professeur » glapissait :

– Silence ! Voyons, silence ou je sévis !

Un long hurlement répondit. Aux boulettes succédèrent les craies, les éponges mouillées, les portions de fromage cuit.

Le chahut tournait à l'émeute.

Il était atterré. Malgré ses efforts, tout son être se révulsait. Il avait l'impression qu'un gant de crin raclait sa peau jusqu'au sang. Chaque parcelle de sa personne se révoltait, il vivait à la fois le présent et le passé.

« C'est un sketch ignoble, seulement un sketch », se répétait-il mentalement.

Mais son cerveau refusait l'idée du jeu. Des jets de fromage. Des hurlements. Le proviseur ne pouvait tolérer pareil déchaînement. Donc, ce qui était à l'origine un sketch théâtral dégénérait en véritable chahut incontrôlé.

Il vit « le professeur » qui se protégeait à l'aide du livre. Il entendit les supplications.

– Non, non, arrêtez ! Par pitié !

Dans sa tête, une voix hurla.

– Arrêtez, je vous en supplie !

C'était sa voix. Sa propre voix. Il se raidit. Ses muscles se tétanisèrent. Il était d'une pâleur effroyable, comme si le sang refluait de son corps. Bientôt, il ne put retenir le grincement des dents. Ses mâchoires serrées glissaient l'une contre l'autre, crissement qui l'épouvantait parce qu'il attirerait l'attention de ses voisins.

Une douleur fulgurante explosait dans sa tête. Un diamant de vitrier lacérait sa boîte crânienne. Il pensa absorber du Retidron, mais ses membres paralysés n'obéissaient pas.

Peu à peu, son subconscient enregistra la diminution du bruit. Puis le silence. De même, il perçut un changement d'atmosphère, eut l'impression que le vide se créait autour de lui. Un brouillard voilait ses yeux, il ne distinguait que des ombres qui se déplaçaient, très loin, lui semblait-il.

Il désira se lever, abandonner le fauteuil-piège. Une fois de plus, malgré sa volonté tendue, son corps refusa d'obéir. Le silence environnant résonnait du raclement sourd et continu de ses mâchoires.

Il était fatigué, affreusement fatigué. « Que tout cela finisse vite », songea-t-il.

Combien s'écoula-t-il de temps ? Une minute ? Dix minutes ? Une éternité.

Lorsque sa vision redevint normale, lorsqu'il récupéra enfin la mobilité de son corps, il vit Jérôme Lequimpois qui lui tendait la plaquette de Retidron.

– Je l'ai prise dans votre poche, dit-il doucement. Avalez quelques comprimés, je pense que vous en avez besoin, n'est-ce pas monsieur Lénorde, alias Antoine Grappin, alias Titus ?

Quelque temps après...

Marc Lénorde avoua aisément.

C'était comme s'il se libérait du poids insupportable de sa culpabilité. Durant vingt-cinq ans, il avait poursuivi une impitoyable vengeance.

Un clochard qui errait dans la ville avait été sa première victime. Vingt-cinq ans plus tôt, découvrant les restes d'un corps dans la demeure calcinée d'Antoine Grappin, la police avait conclu au suicide du professeur déprimé. D'ailleurs, il annonçait sa sinistre décision dans deux lettres désespérées écrites de sa main.

Une opération de chirurgie esthétique subie en Afrique maquilla les traits de son visage. Le curieux chirurgien qui l'avait opéré clandestinement manquait de compétence. Depuis, Antoine Grappin, qui avait acquis l'identité nouvelle de Marc Lénorde, souffrait de maux de tête chroniques que seul le Retidron parvenait à apaiser.

Sur le continent africain, Lénorde acquérait une considérable fortune. Il était de tous les trafics qu'il dissimulait derrière la façade d'honnêteté que constituait la maison d'import-export qu'il avait créée. Quinze ans plus tard, fortune faite, Lénorde regagnait C… où il achetait le *Courrier Bourguignon*. Le journal conférait d'emblée une position de notable à son propriétaire. Il se lia alors progressivement avec ses futures victimes, étudia leur comportement, leurs forces, leurs faiblesses.

Lorsqu'il fut parfaitement intégré à la ville de C… il mit en œuvre le plan machiavélique qui devait aboutir à l'assassinat des cinq chahuteurs qui, vingt-cinq ans plus tôt, avaient ruiné sa vie.

Marc Lénorde n'affronta pas ses juges. Il mourut en prison, quatre mois après son arrestation. L'abus de Retidron, médicament dangereux, provoqua une défaillance cardiaque.

Iossip Martin épousa Coline Talard. Ils quittèrent C…, s'établirent au Canada et l'on n'entendit plus jamais parler du couple.

La ville reprit ses habitudes. Son train-train fastidieux. Très vite, elle gomma le souvenir des événements fâcheux qui avaient terni son image. Le *Courrier Bourguignon* cessa de paraître. En novembre, le brouillard, lui, réapparut ! Il s'installait pour six mois et les habitants de C… l'accueillirent avec fatalisme.

La sérénité de la petite ville bourguignonne ne dura pas. Une nuit de décembre, dans une ruelle, on découvrit le corps de Jérôme Lequimpois. Un balcon, détaché du deuxième étage d'une maison, avait écrasé le commissaire.

Du moins, telles furent les conclusions de l'enquête officielle. Atterrée, la population fit deux constats désolants. La nuit du treize décembre, lorsque se produisit l'accident, Jérôme Lequimpois sortait du bal annuel du lycée de C… Ce pouvait n'être qu'une coïncidence.

Pourtant, dans la poche de son costume, on trouva une enveloppe. Elle contenait un bristol beige sur lequel figuraient deux lignes écrites de la main du « Fou aux Citations ».

Ah, ça finira mal tout ça ;
Ça me jouera un mauvais tour.

L'AUTEUR

Jean-Paul Nozière a écrit plusieurs romans policiers « côté adultes » et une quarantaine de romans « côté jeunesse », parmi lesquels *Week-end mortel* en Heure noire.

Ancien documentaliste dans un collège, il vit en Bourgogne.

Un détail auquel il tient : son nom ne prend pas de s à la fin. Comme Violette Nozière.